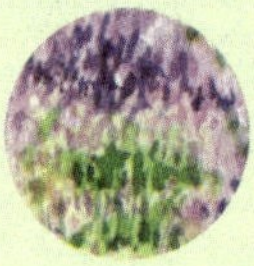

丁香结
紫藤萝瀑布

宗　璞 / 著

长江文艺出版社

目录

散文卷

- 3　紫藤萝瀑布
- 5　丁香结
- 7　松侣
- 12　好一朵木槿花
- 15　送春
- 18　报秋
- 21　西湖漫笔
- 25　废墟的召唤
- 30　乐书

童话卷

37 贝叶
46 花的话
50 冰的画
56 吊竹兰和蜡笔盒
61 锈损了的铁铃铛
66 遗失了的铜钥匙
71 小沙弥陶陶

小说卷

83 琥珀手串
91 鲁鲁
108 董师傅游湖

散文卷

花和人都会遇到各种各样的不幸,但是生命的长河是无止境的。我抚摸了一下那小小的紫色的花舱,那里满装生命的酒酿,它张满了帆,在这闪光的花的河流上航行。

紫藤萝瀑布

我不由得停住了脚步。

从未见过开得这样盛的藤萝，只见一片辉煌的淡紫色，像一条瀑布，从空中垂下，不见其发端，也不见其终极，只是深深浅浅的紫，仿佛在流动、在欢笑、在不停地生长。紫色的大条幅上，泛着点点银光，就像迸溅的水花。仔细看时，才知那是每一朵紫花中的最浅淡的部分，在和阳光互相挑逗。

这里春红已谢，没有赏花人群，也没有蜂围蝶阵。有的就是这一树闪光的、盛开的藤萝。花朵儿一串挨着一串，一朵接着一朵，彼此推着挤着，好不活泼热闹！

"我在开花！"它们在笑。

"我在开花！"它们嚷嚷。

每一穗花都是上面的盛开，下面的待放。颜色便上浅下深，好像那紫色沉淀下来了，沉淀在最嫩最小的花苞里。每一朵盛开的花像是一个张满了的小小的帆，帆下带着尖底的舱。船舱鼓鼓的，又像一个忍俊不禁的笑容，就要绽开似的。那里装的是什么仙露琼浆？我凑上去，想摘一朵。

但是我没有摘。我没有摘花的习惯。我只是伫立凝望，觉得这一条紫藤萝瀑布不只在我眼前，也在我心上缓缓流过。流着流着，它带走了这些时一直压在我心上的关于生死的疑惑，关于疾病的痛楚。我浸在这繁密的花朵的光辉中，别的一切暂时都不存在，有的只是精神的宁静和生的喜悦。

　　这里除了光彩，还有淡淡的芳香，香气似乎也是浅紫色的，梦幻一般轻轻地笼罩着我。忽然记起十多年前家门外也曾有过一大株紫藤萝，它依傍一株枯槐爬得很高，但花朵从来都稀落，东一穗西一串伶仃地挂在树梢，好像在察言观色，试探什么。后来索性连那稀零的花串也没有了。园中别的紫藤花架也都拆掉，改种了果树。那时的说法是，花和生活腐化有什么必然关系。我曾遗憾地想：这里再看不见藤萝花了。

　　过了这么多年，藤萝又开花了，而且开得这样盛、这样密，紫色的瀑布遮住了粗壮的盘虬卧龙般的枝干，不断地流着、流着，流向人的心田。

　　花和人都会遇到各种各样的不幸，但是生命的长河是无止境的。我抚摸了一下那小小的紫色的花舱，那里满装生命的酒酿，它张满了帆，在这闪光的花的河流上航行。它是万花中的一朵，也正是由每一个一朵，组成了万花灿烂的流动的瀑布。

　　在这浅紫色的光辉和浅紫色的芳香中，我不觉加快了脚步。

1982 年 5 月 6 日

丁香结

今年的丁香花似乎开得格外茂盛，城里城外，都是一样。城里街旁，尘土纷嚣之间，忽然呈出两片雪白，顿使人眼前一亮，再仔细看，才知是两行丁香花。有的宅院里探出半树银妆，星星般的小花缀满枝头，从墙上窥着行人，惹得人走过了还要回头望。

城外校园里丁香更多。最好的是图书馆北面的丁香三角地，种有十数棵白丁香和紫丁香。月光下白的潇洒，紫的朦胧。还有淡淡的幽雅的甜香，非桂非兰，在夜色中也能让人分辨出，这是丁香。

在我住了断续近三十年的斗室外，有三棵白丁香。每到春来，伏案时抬头便见檐前积雪。雪色映进窗来，香气直透毫端。人也似乎轻灵得多，不那么浑浊笨拙了。从外面回来时，最先映入眼帘的，也是那一片莹白，白下面透出参差的绿，然后才见那两扇红窗。我经历过的春光，几乎都是和这几树丁香联系在一起的。那十字小白花，那样小，却不显得单薄。许多小花形成一簇，许多簇花开满一树，遮掩着我的窗，照耀着我的文思和梦想。

古人诗云："芭蕉不展丁香结""丁香空结雨中愁"。在细雨迷蒙中，着了水滴的丁香格外妩媚。花墙边两株紫色的，如同印象派的画，线条模糊了，直向窗前的莹白渗过来。让人觉得，丁香确实该和微雨连在一起。

只是赏过这么多年的丁香，却一直不解，何以古人发明了丁香结的说法。今年一次春雨，久立窗前，望着斜伸过来的丁香枝条上的一柄花蕾。小小的花苞圆圆的，鼓鼓的，恰如衣襟上的盘花扣。我才恍然，果然是丁香结。

丁香结，这三个字给人许多想象。再联想到那些诗句，真觉得它们负担着解不开的愁怨了。每个人一辈子都有许多不顺心的事，一件完了一件又来，所以丁香结年年都有。结，是解不完的；人生中的问题，也是解不完的。不然，岂不太平淡无味了么？

小文成后一直搁置，转眼春光已逝。要看满城丁香，需待来年了。来年又有新的结待人去解——谁知道是否解得开呢。

1985年清明—冬至

松　侣

一位朋友曾说她从未注意过木槿花是什么样儿,我答应院中木槿花开时,邀她来看。这株木槿原在窗前,为了争得光线,春末夏初时我把它移到篱边。它很挣扎了一阵,活下来了,可是秋初着花时节,一朵未见。偶见大图书馆前两排木槿,开着紫、白、红各色的花朵,便想通知朋友,到那里观看。不知有什么事,一天天因循,未打电话。过了些时,偶然走过图书馆,却见两排绿树,花朵已全落尽了。一路很是怅然,似乎不只失信于朋友,也失信于木槿花。又因木槿花每一朵本是朝开夕谢的,不免伤时光之不再,联想到自己的疾病,不知还剩有几多日子。

回到家里,站在院中三棵松树之间,那点脆弱的感怀忽然消失了。我感到镇定平静。三松中的两棵高大稳重,一株直指天空,另一株过房顶后做九十度折角,形貌别致,都似很有魅力,可以倚靠。第三棵不高,枝条平伸呈伞状,使人感到亲切。它们似乎说,好了,不要小资情调了,有我们呢。

它们当然是不同的。它们不落叶,无论冬夏,常给人绿色的遮蔽。那绿色十分古拙,不像有些绿色的鲜亮活跳。它们也是有花的,但不显著,最后结成松塔掉下来,带给人的是成熟的喜悦,而不是凋谢的惆怅。它们永远散发着清净的气息,使得人也清爽,据说像负离子发生器一样,有着实实在在的医疗作用。

更何况三松和我的父亲是永远分不开的。我的父亲晚年将这住宅命名为"三松堂"。"庭中有三松,抚而盘桓,较渊明犹多其二焉。"(《三松堂自序》之自序)寄意深远,可以揣摩。我站在三松之下感到安心,大概因为同时也感到父亲的思想、父亲的影响和那三松的华盖一样,仍在荫蔽着我。

父母在堂时,每逢节日,家里总是很热闹。二十世纪七十年代末,放鞭炮之风还未盛,我家得风气之先,不只放鞭炮,还要放花,一道道彩光腾空而起,煞是好看。这时大家又笑又叫。少年人持着竹竿,孩子们躲在大人身后探出个小脑袋。放花放炮的乐趣就在此了。放了几年,家里人愈来愈少了。剩下的人还坚持这一节目。有一次一个闪光雷放上去,其中一些纸燃烧着落到松树顶上,一枝松针马上烧起来,幸亏比较靠边,往上泼水还能泼到,及时扑灭了。浇水的人和树一样,也成了落汤鸡。以后因子侄辈纠缠,也还放了两年。再以后,没有高堂可娱,青年人又大都各奔前程,几乎走光,三松堂前便再没有节日的喧闹。

这一切变迁,三松和院中的竹子、丁香、藤萝、月季、玉簪都曾亲见,其中松树无疑是祖字辈的。阅历最多，感怀最深，却似乎最无话说。只是常绿常香，默默地立在那里，让人觉得，累了时它总是可以靠一靠的。

这三棵松树似是家中的一员，是亲人，是长辈。燕园中还有许许多多松柏枞桧之类的树，便是我的好友了。

在第二体育馆之北，六座中西合璧的庭院之间，有一片用松墙围起来的园子，名为静园。这里原来是没有墙的，有的是草地、假山，又宽又长的藤萝架。"文革"中，这些花草因有不事生产的罪名，全被铲除，换上了有出息的果树。又怕人偷果子，乃围以松墙。我对这一措施素不以为然，静园也很少去。

这两年，每天清晨坚持散步，据说这是我性命攸关的大事，未敢稍懈。散步的路径，总寻找有松柏之处，静园外超过千步的松墙边便成为好地方。一到墙边，先觉清气扑人，一路走下去，觉得全身的血液都换过了。

临湖轩前有一处三角地，也围着松墙。其中一段路两边皆松，成为夹道。那松的气息，更是向每个毛孔渗来。一次雨后，走过夹道，见树顶上一片云气蒸腾，树枝上挂满亮晶晶的水珠，蜘蛛网也成了彩色的璎珞，最主要的是那气息，清到浓重的地步，劈头盖脸将人包裹住了。这时便想，若不能健康地活下去，实在愧对造化的安排。

走出夹道不远，有一处小松林，有白皮松、油松等，空气自然是好的。我走过时，总见六七位老太太在一起做操，一面拍拍打打，一面大声谈家常。譬如昨天谁的媳妇做的什么饭，谁的孙子念的什么书。松树也不嫌聒噪，只管静静地进行负离子疗法。

中国文学中一直推崇松的品格，关于松的吟咏很多。松树的不畏岁寒，正可视为不阿时不媚俗的一种气节。这是士应有的精神境界，所以都愿意以松为友。白居易《庭松》诗云：

朝昏有风月，燥湿无尘泥。
疏韵秋槭槭，凉阴夏凄凄。
春深微雨夕，满叶珠蓑蓑。
岁暮大雪天，压枝玉皑皑。
四时各有趣，万木非其俦。
……
即此是益友，岂必交贤才。
顾我犹俗士，冠带走尘埃。
未称为松主，时时一愧怀。

最后两句用松之德要求自己勉励自己，要够格做松的主人。松不只给人安慰，给人健康，还在道德上引人向上，世之益友，又有几人能做到呢？

自然界中，能为友侣的当然不止松柏一类。虽木槿之短暂，也有它的作用与位置。人若能时时亲近大自然，会较容易记住自己的本色。嵇康有诗云：

目送归鸿，手挥五弦。

俯仰自得,游心太玄。

纵然手不能举足不能抬,纵然头上悬着疾病的利剑,我们也要俯仰自得,站稳自己的位置。

好一朵木槿花

又是一年秋来，洁白的玉簪花携着凉意，先透出冰雪的消息。美人蕉也在这时开放了。红的黄的花，耸立在阔大的绿叶上，一点不在乎秋的肃杀。以前我有"美人蕉不美"的说法，现在很想收回。接下来该是紫薇和木槿。在我家这以草为主的小园中，它们是外来户。偶然得来的枝条，偶然插入土中，它们就偶然地生长起来。紫薇似娇气些，始终未见花。木槿则已两度花发了。

木槿以前给我的印象是平庸。"文革"中许多花木惨遭摧残，它却得全性命，陪伴着显赫一时的文冠果，免得那钦定植物太孤单。据说原因是它的花可食用，大概总比草根树皮好些吧。学生浴室边的路上，两行树挺立着，花开有紫、红、白等色，我从未仔细看过。

近两年木槿在这小园中两度花发，不同凡响。

前年秋至，我家刚从死别的悲痛中缓过气来不久，又面临了少年人的生之困惑。我们不知道下一分钟会发生什么事，陷入极端惶恐中。我在坐立不安时，只好到草园中踱步。那时园中荒草没膝，除我们的基本队伍——亲爱的玉簪花外，只有两树忍冬，结了小红果子，玛瑙扣子似的，一簇簇挂着。我没有指望还能看见别的什么颜色。

忽然在绿草间，闪出一点紫色，亮亮的，轻轻的，在眼前转了几转。我忙拨开草丛走过去，见一朵紫色的花缀在不高的绿枝上。

这是木槿。木槿开花了，而且是紫色的。

木槿花的三种颜色，以紫色最好。那红色极不正，好像颜料没有调好；白色的花，有老伙伴玉簪已经够了。最愿见到的是紫色，好和早春的二月兰、初夏的藤萝相呼应，让紫色的幻想充满在小园中，让风吹走悲伤，让梦留着。

惊喜之余，我小心地除去它周围的杂草，做出一个浅坑，浇上水。水很快渗下去了。一阵风过，草面漾出绿色的波浪，薄如蝉翼的娇嫩的紫花在一片绿波中歪着头，带点调皮，却丝毫不知道自己显得很奇特。

去年，月圆过四五次后，几经洗劫的小园又一次遭受磨难。园旁小兴土木，盖一座大有用途的小楼。泥土、砖块、钢筋、木条全堆在园里，像是凌乱地长出一座座小山，把植物全压在底下。我已习惯了这类景象，知道毁去了以后，总会有新的开始。尽管等的时间会很长。

没想到秋来时，一次走在这崎岖山路上，忽见土山一侧，透过砖块钢筋伸出几条绿枝。绿枝上，一朵紫色的花正在颤颤地开放！

我的心也震颤起来，一种悲壮的感觉攫住了我。土埋大半截了,还开花!

我跨过障碍,走近去看这朵从重压下挣扎出来的花。仍是娇嫩的薄如蝉翼的花瓣,略有皱褶,似乎在花蒂处有一根带子束住,却又舒展自得。它不觉得环境的艰难,更不觉自己的奇特。

忽然觉得这是一朵童话中的花,拿着它,任何愿望都会实现,因为持有的,是面对一切苦难的勇气。

紫色的流光抛洒开来,笼罩了凌乱的工地。那朵花冉冉升起,倚着明亮的紫霞,微笑地俯看着我。

今年果然又有一个开始。小园经过整治,不再以草为主,所以有了对美人蕉的新认识。那株木槿高了许多,枝繁叶茂,只是重阳已届,仍不见花。

我常在它身旁徘徊,期待着震撼了我的那朵花。

它不再来。

即使再有花开,也不是去年的那一朵了。也许需要纪念碑,纪念那逝去了的、昔日的悲壮?

1988年重阳

送　春

说起燕园的野花，声势最为浩大的，要数二月兰了。它们本是很单薄的，脆弱的茎，几片叶子，顶上开着小朵小朵简单的花。可是开成一大片，就形成春光中重要的色调。阴历二月，它们已探头探脑地出现在地上，然后忽然一下子就成了一大片。一大片深紫浅紫的颜色，不知为什么总有点朦胧。房前屋后，路边沟沿，都让它们占据了，熏染了。看起来，好像比它们实际占的地盘还要大。微风过处，花面起伏，丰富的各种层次的紫色一闪一闪地滚动着，仿佛还要到别处去涂抹。

没有人种过这花，但它每年都大开而特开。童年在清华，屋旁小溪边，便是它们的世界。人们不在意有这些花，它们也不在意人们是否在意，只管尽情地开放。那多变化的紫色，贯穿了我所经历的几十个春天。只在昆明那几年让白色的木香花代替了。木香花以后的岁月，便定格在燕园，而燕园的明媚春光，是少不了二月兰的。

斯诺墓所在的小山后面，人迹罕到，便成了二月兰的天下。从路边到山坡，在树与树之间，挤满花朵。有一小块颜色很深,像需要些水化一化;有一块颜色很浅,近乎白色。在深色中有浅色的花朵,形成一些小亮点儿;在浅色中又有深色的笔触,免得它太轻灵。深深浅浅连成一片。这条路我也是不常走的,但每到春天,总要多来几回,看看这些小友。

其实我家近处,便有大片二月兰。各芳邻门前都有特色,有人从荷兰带回郁金香,有人从近处花圃移来各色花草。这家因主人年老,儿孙远居海外,没有人侍弄园子,倒给了二月兰充分发展的机会。春来开得满园,像一块花毡,衬着边上的绿松墙。花朵们往松墙的缝隙间直挤过去,稳重的松树也似在含笑望着它们。

这花开得好放肆!我心里说。我家屋后,一条弯弯的石径两侧直到后窗下,每到春来,都是二月兰的领地。面积虽小,也在尽情抛洒春光。不想一次有人来收拾院子,给枯草烧了一把火,说也要给野花立规矩。次年春天便不见了二月兰,它受不了规矩。野草却依旧猛长。我简直想给二月兰写信,邀请它们重返家园。信是无处投递,乃特地从附近移了几棵,也尚未见功效。

许多人不知道二月兰为何许花,甚至语文教科书的插图也把它画成兰花的模样。兰花素有花中君子之称,品高香幽。二月兰虽也有个"兰"字,可完全与兰花没有关系,也不想攀高枝,只悄悄从泥土中钻出来,如火如荼点缀了春光,又悄悄落尽。我曾建议一年轻画徒,画一画这野花,最好用水彩,用印象派手法。年轻人交来一幅画稿,在灰暗的背景中只有一枝伶仃的花,又依照"现代"眼光，在花旁画了一个破竹篮。

"这不是二月兰的典型姿态。"我心里评判着。二月兰是一大片一大片的，千军万马。身躯瘦弱，地位卑下，却高扬着活力，看了让人透不过气来。而且它们不只开得隆重茂盛，尽情尽性，还有持久的精神。这是今春才悟到的。

因为病，因为懒，常几日不出房门。整个春天各种花开花谢，来去匆匆，有的便不得见。却总见二月兰不动声色地开在那里，似乎随时在等候，问一句："你好些吗？"

又是一次小病后，在园中行走。忽觉绿色满眼，已为遮蔽炎热做准备。走到二月兰的领地时，不见花朵，只剩下绿色直连到松墙。好像原有一大张绚烂的彩画，现在掀过去了，卷起来了，放在什么地方，以待来年。

我知道，春归去了。

在领地边徘徊了一会儿，忽然意识到二月兰的忠心和执着。从春如十三女儿学绣时，它便开花，直到雨屧风愁，春深春老。它迎春来，伴春在，送春去。古诗云"开到荼蘼花事了"，我始终不知荼蘼是个什么样儿，却亲见二月兰蓦然消失，是春归的一个指征。

迎春人人欢喜，有谁喜欢送春？忠心的、执着的二月兰没有推脱这个任务。

1992年9月下旬

报　秋

　　似乎刚过完春节，什么都还来不及干呢，已是长夏天气，让人懒洋洋的，像只猫。一家人夏衣尚未打点好，猛然却见玉簪花那雪白的圆鼓鼓的棒槌，从拥挤着的宽大的绿叶中探出头来。我先是一惊，随即怅然。这花一开，没几天便是立秋。以后便是处暑便是白露便是秋分便是寒露，过了霜降，便立冬了。真真的怎么得了！

　　一朵花苞钻出来，一个柄上的好几朵都跟上。花苞很有精神，越长越长，成为玉簪模样。开放都在晚间，一朵持续约一昼夜。六片清雅修长的花瓣围着花蕊，当中的一株顶着一点嫩黄，颤颤地望着自己雪白的小窝。

　　这花的生命力极强，随便种种，总会活的。不挑地方，不拣土壤，而且特别喜欢背阴处，把阳光让给别人，很是谦让。据说花瓣可以入药。还有人来讨那叶子，要捣烂了治脚气。我说它是生活上向下比，工作上向上比，算得一种玉簪花精神罢。

　　我喜欢花，却没有侍弄花的闲情。因有自知之明，不敢邀名花居留，只有时要点草花种种。有一种太阳花又名"死不了"，开时五色缤纷，杂在草间很好看。种了几次，都不成功。"连'死不了'都死了。"我们常这样自嘲。

玉簪花却不同，从不要人照料，只管自己蓬勃生长。往后院月洞门小径的两旁，随便移栽了几个嫩芽，次年便有绿叶白花，点缀着夏末秋初的景致。我的房门外有一小块地，原有两行花，现已形成一片，绿油油的，完全遮住了地面。在晨光熹微或暮色朦胧中，一柄柄白花擎起，隐约如绿波上的白帆，不知驶向何方。有些植物的繁茂枝叶中，会藏着一些小活物，吓人一跳。玉簪花下却总是干净的。可能因为气味的缘故，不容虫豸近身。

花开有十几朵，满院便飘散着芳香。不是丁香的幽香，不是桂花的甜香，也不是荷花的那种清香。它的香比较强，似乎有点醒脑的作用。采几朵放在养石子的水盆中，房间里便也飘散着香气，让人减少几分懒洋洋，让人心里警惕着：秋来了。

秋是收获的季节，我却是两手空空。一年、两年过去了，总是在不安和焦虑中。怪谁呢，很难回答。

久居异乡的兄长，业余喜好诗词。前天寄来自译的朱敦儒的那首《西江月》。原文是：

　　日日深杯酒满，朝朝小圃花开，自歌自舞自开怀，且喜无拘无碍。　　青史几番春梦，红尘多少奇才，不须计较与安排，领取而今现在。

若照他译的英文再译回来，最后一句是认命的意思。这意思有，但似不够完全。我把"领取而今现在"一句反复吟哦，觉得这是一种悠然自得的境界。其实不必深杯酒满，不必小圃花开，只在心中领取，便得逍遥。

领取自己那一份，也有品味、把玩、获得的意思。那么，领取秋，领取冬，领取四季，领取生活罢！

那第一朵花出现已一周，凋谢了。可是别的一朵一朵在接上来。圆鼓鼓的花苞，盛开了的花朵，由一个个柄擎着，在绿波上漂浮。

1990 年 8 月 10 日

西湖漫笔

平生最喜游山逛水。这几年来，很改了不少闲情逸致，只在这山水上头，却还依旧。那五百里滇池粼粼的水波，那兴安岭上起伏不断的绿沉沉的林海，那开满了各色无名的花儿的广阔的呼伦贝尔草原，以及那举手可以接天的险峻的华山……曾给人多少有趣的思想，曾激发起多少变幻的感情。一到这些名山大川异地胜景，总会有一种奇怪的力量震荡着我，几乎忍不住要呼喊起来："这是我的伟大的、亲爱的祖国——"

然而在足迹所到的地方，也有经过很长久的时间，我才能理解、欣赏的。正像看达·芬奇的名画《蒙娜丽莎》，我曾看过多少遍，看不出她美在哪里；看过多少遍之后，一次又拿来把玩，忽然发现那温柔的微笑，那嘴角的线条，那手的表情，是这样无以名状的美，只觉得眼泪直涌上来。山水，也是这样的，去上一次两次，可能不会了解它的性情，直到去过三次四次，才恍然有所悟。

我要说的地方，是多少人说过写过的杭州。六月间，我第四次去到西子湖畔，距第一次来，已经有九年了。这九年间，我竟没有说过西湖一句好话。发议论说，论秀媚，西湖比不上长湖，天真自然，楚楚有致；论宏伟，比不上太湖，烟霞万顷，气象万千——好在到过的名湖不多，不然，不知还有多少谬论。

奇怪得很，这次却有着迥乎不同的印象。六月，并不是好时候，没有花，没有雪，没有春光，也没有秋意。那几天，有的是满湖烟雨，山光水色，俱是一片迷蒙。西湖，仿佛在半醒半睡。空气中，弥漫着经了雨的栀子花的甜香。记起东坡诗句："水光潋滟晴方好，山色空蒙雨亦奇。"便想，东坡自是最了解西湖的人，实在应该仔细观赏、领略才是。

正像每次一样，匆匆地来，又匆匆地去。几天中我领略了一个字，那就是"绿"，西湖的绿，只凭这一点，已使我流连忘返。雨中去访灵隐，一下车，只觉得绿意扑眼而来。道旁古木参天，苍翠欲滴，似乎飘着的雨丝儿也都是绿的。飞来峰上层层叠叠的树木，有的绿得发黑，深极了，浓极了；有的绿得发蓝，浅极了，亮极了。峰下蜿蜒的小径，布满青苔，直绿到石头缝里。在冷泉亭上小坐，真觉得遍体生凉，心旷神怡。亭旁溪水琤琮，说是溪水，其实表达不出那奔流的气势，平稳处也是碧澄澄的，流得急了，水花飞溅，如飞珠滚玉一般，在这一片绿色的影中显得分外好看。

西湖胜景很多，各有不同的好处，即便一个绿色，也各有不同，黄龙洞绿得幽，屏风山绿得野，九曲十八涧绿得闲……不能一一去说。漫步苏堤，两边都是湖水,远水如烟,近水着了微雨,泛起一层银灰的颜色。走着走着,忽见路旁的树十分古怪,一棵棵树身虽然离得较远,却给人一种莽莽苍苍的感觉,似乎是从树梢一直绿到了地下。走近看时,原来是树身上布满了绿茸茸的青苔,那样鲜嫩,那样可爱,使得绿阴阴的苏堤,更加绿了几分。有的青苔,形状也有趣,如耕牛,如牧人,如树木,如云霞;有的整片看来,布局宛然,如同一幅青绿山水。这种绿苔,给我的印象是坚韧不拔,不知当初苏公对它们印象怎样。

在花港观鱼,看到了又一种绿。那是满地的新荷,圆圆的绿叶,或亭亭立于水上,或宛转靠在水面,只觉得一种蓬勃的生机,跳跃满地。绿色,本来是生命的颜色。我最爱看初春的杨柳嫩枝,那样鲜,那样亮,柳枝儿一摆,似乎蹬着脚告诉你,春天来了。荷叶,则要持重一些,初夏,则更成熟一些,但那透过活泼的绿色表现出来的茁壮的生命力,是一样的。再加上叶面上的水珠儿滴溜溜滚,简直好像满池荷叶都要裙袂飞扬,翩然起舞了。

从花港乘船而回,雨已停了,远山青中带紫,如同凝住了一段云霞。波平如镜,船儿在水面上滑行,只有桨声欸乃,愈增加了一湖幽静。一会儿摇船的姑娘歇了桨,喝了杯茶,靠在船舷,只见她向水中一摸,顺手便带上一条欢蹦乱跳的大鲤鱼。她自己只微笑着一声不出,把鱼甩在船板上。同船的朋友看得入迷,连连说,这怎么可能!上岸时,又回头看那在浓重暮色中变得无边无际的白茫茫的湖水，惊叹道："真是个神奇的湖！"

我还领略到西湖生动活泼的一面。星期天，游人泛舟湖上，真是满湖的笑，满湖的歌！西湖的度量，原也是容得了热闹的。两三人寻幽访韵固然好，许多人畅谈畅游也极佳。见公共汽车往来运载游人，忽又想起东坡在密州出猎时写的一首《江城子》："老夫聊发少年狂。左牵黄，右擎苍。锦帽貂裘，千骑卷平冈。"想来他在杭州，当有更盛的情景吧？那时是"倾城随太守"，这时是每个人在公余之暇，来休息身心，享山水之乐。这热闹，不更有意思么？

希腊画家亚伯尔曾把自己的画放在街上，自己躲在画后，听取意见。有一个鞋匠说人物的鞋子画得不对，他马上改了。这鞋匠又批评别的部分，他忍不住从画后跑出来说，你还是只谈鞋子好了。因为对西湖的印象究竟只有浮光掠影，这篇小文，很可能是鞋匠的议论，然后心到神知，想西湖不会怪我唐突罢？

废墟的召唤

冬日的斜阳无力地照在这一片田野上。刚是下午，清华气象台上边的天空，已显出月牙儿的轮廓。顺着近年修的柏油路，左侧是干皱的田地，看上去十分坚硬，这里那里，点缀着断石残碑。右侧在夏天是一带荷塘，现在也只剩下冬日的凄冷。转过布满枯树的小山，那一大片废墟呈现在眼底时，我总有一种奇怪的感觉，好像历史忽然倒退到了古希腊罗马时代。而且乱石衰草中间，仿佛应该有着妲己、褒姒的窈窕身影，若隐若现，迷离扑朔。因为中国社会出奇的"稳定性"，几千年来的传统一直传到那拉氏，还不中止。

这一带废墟是圆明园中长春园的一部分。从东到西，有圆形的台，长方形的观，已看不出形状的堂和小巧的方形的亭基。原来都是西式建筑，故俗称"西洋楼"。在莽苍苍的原野上，这一组建筑遗迹宛如一只正在覆没的船只，而那丛生的荒草，便是海藻；杂陈的乱石，便是这荒野的海洋中的一簇簇泡沫了。三十多年前，初来这里，曾想：下次来时，它该下沉了罢？它该让出地方，好建设新的一切。但是每次再来，它还是停泊在原野上。远瀛观的断石柱,在灰蓝色的天空下,依然寂寞地站着,显得四周那样空荡荡,那样无依无靠。大水法的拱形石门,依然卷着波涛。观水法的石屏上依然陈列着兵器甲胄,那雕镂还是那样清晰,那样有力。但石波不兴,雕兵永驻,这蒙受了奇耻大辱的废墟,只管悠闲地、若无其事地停泊着。

时间在这里,如石刻一般,停滞了,凝固了。建筑家说,建筑是凝固的音乐。建筑的遗迹,又是什么呢?凝固了的历史么?看那海晏堂前(也许是堂侧)的石饰,像一个近似半圆形的容器,年轻时,曾和几个朋友坐在里面照相。现在石"碗"依旧,我当然懒得爬上去了,但是我却欣然。因为我的变化,无非是自然规律之功罢了。我毕竟没有凝固——

对着这一段凝固的历史,我只有怅然凝望。大水法与观水法之间的大片空地,原来是两座大喷泉,想那水姿之美,已到了标准境界,所以以"法"为名。两行可见一座高大的废墟,上大下小,像是只剩了一截的、倒置的金字塔。悄立"塔"下,觉得人是这样渺小,天地是这样广阔,历史是这样悠久——

路旁的大石龟仍然无表情地蹲伏着。本该竖立在它背上的石碑躺倒在上坡旁。它也许很想驮着这碑,尽自己的责任罢。风在路另侧的小树林中呼啸,忽高忽低,如泣如诉,仿佛从废墟上飘来了"留——留——"的声音。

我诧异地回转身去看了。暮色四合,方外观的石块白得分明，几座大石叠在一起，露出一个空隙，像要对我开口讲话。告诉我这里经历的烛天的巨火么？告诉我时间在这里该怎样衡量么？还是告诉我你的向往，你的期待？

风又从废墟上吹过，依然发出"留——留——"的声音。我忽然省悟了。它是在召唤！召唤人们留下来，改造这凝固的历史。废墟，不愿永久停泊。

然而我没有为这努力过么？便在这大龟旁，我们几个人曾怎样热烈地争辩啊。那时的我们，是何等慷慨激昂，是何等地满怀热忱！和人类比较起来，个人的一生是小得多的概念了，每个人自有理由做出不同的解释。我只想，楚国早已是湖北省，但楚辞的光辉，不是永远充塞于天地之间么？

空中一阵鸦噪，抬头只见寒鸦万点，驮着夕阳，掠过枯树林，转眼便消失在已呈粉红色的西天。在它们的翅膀底下，晚霞已到最艳丽的时刻。西山在朦胧中涂抹了一层娇红，轮廓渐渐清楚起来。那娇红中又透出一点蓝，显得十分凝重，正配得上空气中摸得着的寒意。

这景象也是我熟悉的，我不由得闭上眼睛。

"断碣残碑，都付与苍烟落照。"身旁的年轻人在自言自语。事隔三十余年，我又在和年轻人辩论了。我不怪他们，怎能怪他们呢！我嗫嚅着，很不理直气壮："留下来吧！就因为是废墟，需要每一个你呵。"

"匹夫有责。"年轻人是敏锐的，他清楚地说出我嗫嚅着的话，"但是怎样尽每一个我的责任？怎样使环境更好地让每一个我尽责任?"他微笑,笑容介于冷和苦之间。

我忽然理直气壮起来:"那怎样,不就是内容么?"

他不答,我也停了说话,且看那瞬息万变的落照。迤逦行来,已到水边。水已成冰。冰中透出支支荷梗,枯梗上漾着绮辉。远山凹处,红日正沉,只照得天边山顶一片通红。岸边几株枯树,恰为夕阳做了画框。框外娇红的西山,这时却全呈黛青色,鲜嫩润泽,一派雨后初晴的模样,似与这黄昏全不相干。但也有浅淡的光,照在框外的冰上,使人想起月色的清冷。

树旁乱草中窸窣有声,原来有人作画。他正在调色板上蘸着颜色,蘸了又擦,擦了又蘸,好像不知怎样才能把那奇异的色彩捕捉在纸上。

"他不是画家。"年轻人评论道,"他只是爱这景色——"

前面高耸的断桥便是整个圆明园唯一的遗桥了。远望如一个乱石堆,近看则桥的格局宛在。桥背很高,桥面只剩下了一小半,不过桥下水流如线,过水早不必登桥了。

"我也许可以想一想,想一想这废墟的召唤。"年轻人忽然微笑说,那笑容仍然介于冷和苦之间。

我们仍望着落照。通红的火球消失了,剩下的远山显出一层层深浅不同的紫色。浓处如酒,淡处如梦。那不浓不淡处使我想起春日的紫藤萝,这铺天的霞锦,需要多少个藤萝花瓣啊。

仿佛听得说要修复圆明园了,我想,能不能留下一部分废墟呢?最好是远瀛观一带,或只是这座断桥,也可以的。

　　为了什么呢?为了凭吊这一段凝固的历史,为了记住废墟的召唤。

乐 书

多年以前,读过一首《四时读书乐》,现在只记得四句:"读书之乐乐何如?绿满窗前草不除。""读书之乐乐无穷,瑶琴一曲来熏风。"这是春夏的情景,也是读书的乐境。"绿满窗前草不除"一句,是形容生机盎然的自由自在的情趣。"瑶琴一曲来熏风"一句,是形容炎炎夏日中书会给人一个清凉的世界。这种乐境只有在读书时才会有。

作者写书总是把他这个人最有价值的一面放进书里,他在写书的时候,对自己已经进行了过滤。经常读书,接触的都是别人的精华。读书本身就是一件聪明的事,也是一件快乐的事。陶渊明说:"每有会意,便欣然忘食。"金圣叹读到《西厢记》"不瞅人待怎生"一句,感动得三日卧床不食不语。这都是读书的至高境界。不只是书本身的力量,也需要读者的会心。

我不是一个做学问的读书人,读书缺少严谨的计划,常是兴之所至。虽然不够正规,也算和书打了几十年交道。我想,读书有一个分—合—分的过程。

"分"就是要把各种书区分开来,也就是要有一个选择的过程。现在书出得极多，有人形容，写书的比读书的还多，简直成了灾。我看见那些装帧精美的书，总想着又有几棵树冤枉地献身了。"开卷有益"可以说是一句完全过时的话，千万不要让那些假冒、伪劣的"精神产品"侵蚀。即便是列入必读书目的，也要经过自己的慎重选择。有些书评简直就是一种误导，名实不符者极多，名实相悖者也有。当然可读的书更多。总的说来，有的书可精读，有的书可泛读，有的书浏览一下即可。美国教授老温德告诉我，他常用一种"对角线读书法"，即从一页的左上角一眼看到右下角。这种读书法对现在的横排本也很适用。不同的读法可以有不同的收获，最重要的是读好书，读那些经过时间圈点的书。

书经过区分，选好了，读时就要"合"。古人说读书得间，就是要在字里行间得到弦外之音、象外之旨，得到言语传达不尽的意思。朱熹说读书要"涵泳玩索，久之当自有见"，涵泳是在水中潜行，也就是说必须入水，与水相合，才能了解水，得到滋养润泽。王国维谈读书三境界，第三种境界是"蓦然回首，那人却在灯火阑珊处"，这种豁然贯通，便是一种会心。在那一刻间，读者必觉作者是他的代言人，想到他所不能想的，说了他所不会说不敢说的，三万六千毛孔也都张开来，好不畅快。

古时有人自外回家，有了很大变化。人们议论，说他不是遇见了奇人，就是遇见了奇书。书对人的影响是非常大的。不过要使书真的为自己所用，就要从"合"

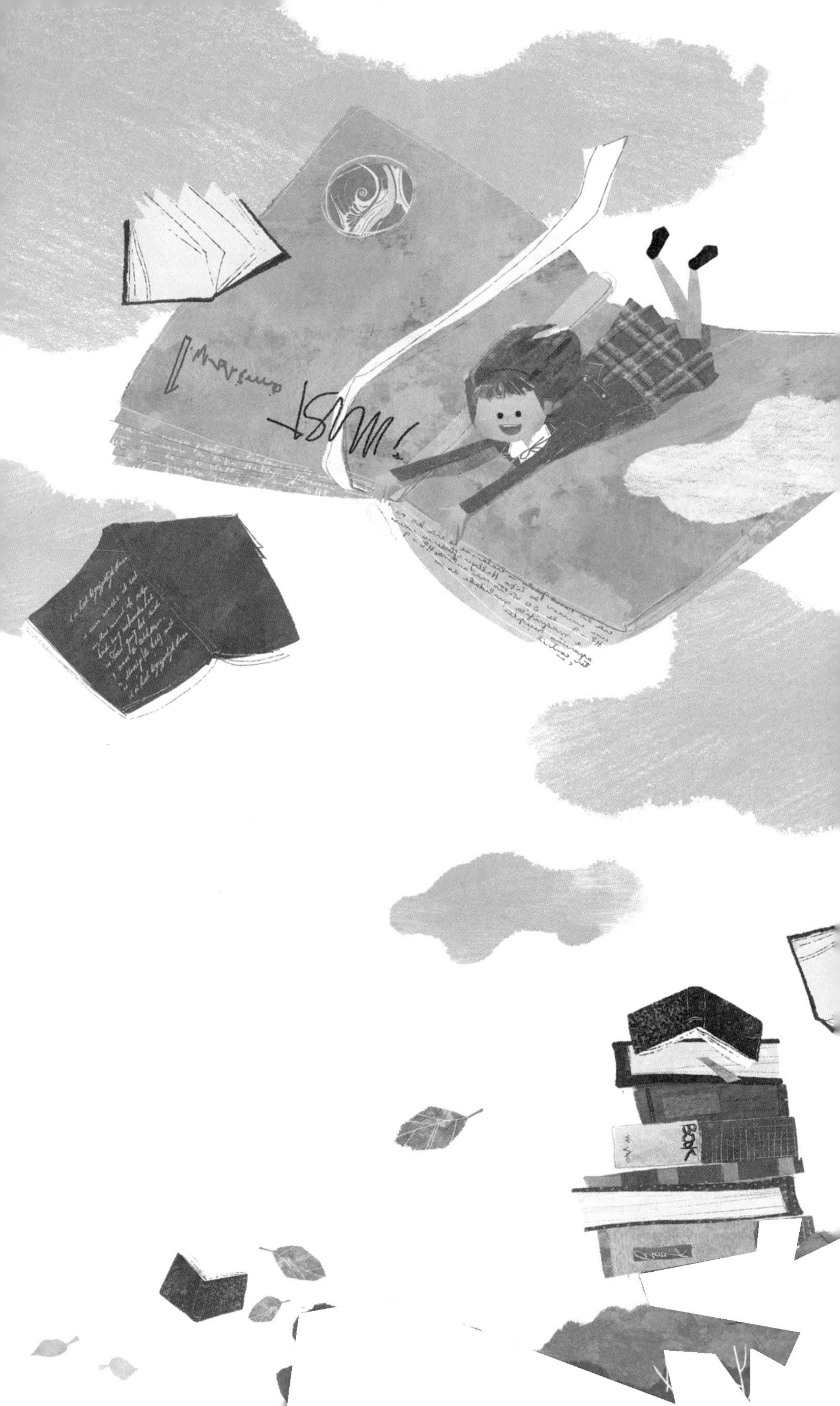
BOOK

中跳出来,再有一次"分",把书中的理和自己掌握的理参照而行。虽然自己的理不断受书中的理影响,却总能用自己的理去衡量、判断、实践。用现在的话说就是活学活用,用文一点的话,就叫作"六经注我"。读书到这般地步不只有乐,而且有成矣。

其实,这些都是废话,每个人有自己的读书法,平常读书不一定都想得那么多,随意翻阅也是一种快乐。我从小喜欢看书,所以得了一双高度近视眼。小时候家里人形容我一看书就要吃东西,一吃东西就要看书,可见不是个正襟危坐的学者,最多沾染了些书呆子气,或美其名曰书卷气。因为从小在书堆中长大,磕头碰脑都是书,有一阵子很为其困扰,曾写了《恨书》《卖书》等文,颇引关注。后来把这些朋友都安排到妥当或不甚妥当的去处,却又觉得很为想念,眼皮子底下少了这一箱那一柜或索性乱堆着的书,确实失去了很多。原来走到房屋的每一个角落,都可以接触到各种宏论,感受到各种情感,这里那里还不时会冒出一个个小故事。虽然足不出户,书把我的生活从时空上都拓展了。因为思念,曾想写一篇《忆书》,也只是想想而已。近几年来眼疾发展,几乎不能视物,和书也久违了。幸好科学发达,经治疗后,忽然又看见了世界,也看见经过整顿后书柜里的书。我拿起几部特别喜爱的线装书抚摸着,一部《东坡乐府》,一部《李义山诗集》,一部《世说新语》。还有一部《温飞卿诗集》,字特别大,我随手翻到"捣麝成尘香不灭,拗莲作寸丝难绝",不觉一惊,现在哪里还有这样的真诚和执着呢。

寒暑交替，我们的忙总无变化，忙着做各种有意义和无意义的事。我和老伴现在最大的快乐就是每晚在一起读书，其实是他念给我听。朋友们称赞他的声音厚实有力，我通过这声音得到书的内容，更觉得丰富。书房中有一副对联："把酒时看剑，焚香夜读书。"我们也焚香，不过不是龙涎香、鸡舌香，而是最普通的蚊香，以免蚊虫骚扰。古人焚香或也有这个用处？

四时读书乐，另两时记不得了。乃另诌了两句，曰："读书之乐何处寻？秋水文章不染尘。""读书之乐乐融融，冰雪聪明一卷中。"聊充结尾。

1999年8月上旬

童话卷

已是月圆的时候了，月光照进窗来，满室一片乳白色的光辉，映在吊竹兰叶子上，叶子闪闪发亮。

"好看!"小玉心里赞叹道，一面坐起身来，想看得更仔细些。

"我并不是要好看，"吊竹兰说话了，它的颜色在月光下显得既柔和又鲜明，花茎轻轻拂动着，好像在做着手势，"我要的是我自己的颜色。"

贝　叶

她生下来,像任何一个婴儿一样,红皱皱的,张着没有牙的嘴用力哭。她那虽然年轻、已显老相的母亲,轻轻拍她,低声说:"不要哭,啊,不要哭。再哭老怪就来了。"

她不懂母亲的话,也不知老怪和她会有什么关系,却真止住了哭,用她那还什么也看不见的眼睛,仔细认真地张望着世界。

她的世界是一个树枝编成的摇篮,里面垫着落叶。纸窗外,风吹得树木瑟瑟地响,树叶一片片飘飘荡荡落了下来。母亲摇着她,"宝贝,贝贝——"一片小小的黄叶落在窗上。"贝——叶。"母亲说。那便成了她的名字。全村人谁也不知道贝叶是贝多罗树的叶子,应该在上面写佛经。

贝叶渐渐长大了。她不只听见树林在响,也听见远处大海的波涛声。大海似乎是很可怕的地方,老怪便住在里面。她在村外山口踮着脚向远处望,常常看见正在发怒的大海,竖立的波涛仿佛连天都要卷进去。

据说大海原是仁慈慷慨的,每次潮落,都留下许多好东西，人们像赶集一样去"赶海"。自从老怪霸占了这片海，海给人的只剩下了恐惧。"老怪来了！"年复一年，母亲们这样吓唬孩子。年复一年，人们在海边排列着供品，有猪羊鸡鸭，各种粮食，主要的一件是一个人。像许多民间传说一样，妖魔要吃人。不过这老怪要的不是童男童女，是十五岁以上的大人。

这一带村庄每年抽签，十五岁以上的人都参加。谁抽到一张画着黑十字的纸，谁就是供品。人们战战兢兢地过日子。贝叶长到了十五岁，管事的人让她抽签，她说："不必抽签了，我愿意去！"

人们说她因为有了这样一个怪名字，所以才这样傻，傻到自己往妖魔嘴里送。"可是总得有人去呵。"贝叶想，"总得有人降魔捉怪，不然人怎么活呢。"

她临行前，在小屋前的树上折下一段树枝。母亲流着泪问："带它做什么？""家里的东西，可以壮胆。"贝叶回答。母亲大哭了，一面把树枝修整成一根光洁的木棒，乳白的颜色中透出浅浅的青绿，一头尖尖的，另一头有一簇赭色的叶。

贝叶手持木棒，和猪羊供品一起，站在沙滩上。海水一个浪头接着一个浪头往岸上冲来。浪头越来越高，像一座座活动的大山。浪头落下时，发出轰然巨响，水柱从空中浇下来。贝叶不停地发抖，但是仔细认真地看着海浪，不肯眨一下眼睛。

"哈哈哈！"忽然一阵令人毛骨悚然的长笑，从一座高可接天的浪峰中传出。紧接着，竖起的巨浪里露出一个巨大的龙头，张须怒目，向着海岸扑来。

贝叶举起手中的木棒。在荒凉的、没有人烟的沙滩上，这样娇小的一个人儿，举着一根细细的木棒，来对付咆哮的海中的狰狞凶恶的大龙。

"哈哈哈！"无怪乎老龙笑了。但他停住了。摆上宴席的菜肴自己带着武器，他还是第一次看见，哪怕仅只是一根树枝。他看见贝叶的长发在海风中飘拂，她那湿透了的衣衫在惨白的骄阳中发着光，好像是一身铠甲。她的眼睛，那从小就认真看着世界的眼睛，亮得要喷出火来。

"你是谁？"龙的声音并不难听。浪峰随着他站住，好像一堵巨大的玻璃墙，墙中嵌着威严的龙头。

"我是贝叶。"贝叶小心地握着尖尖的木棒。

龙沉默着，海水也沉默着。忽然，海水汹涌起来，隐约可以看见龙的宏伟身躯在水中翻动。龙大声问道："你嫁给我，好吗？"

"我来，就是要嫁你的。"贝叶回答。

"哈哈！"龙又笑了，"你自己走下海来！"他威严地命令。转眼间，滔天的浪、巨大的龙头都不见了，岸上的猪羊等物也不见了，只有贝叶孤零零地对着碧蓝的平静的大海，头上是惨白的骄阳。

村人在远处山口看见龙退去了，贝叶留着。他们跑下山，大声呼叫："贝叶，回来！回来呵，贝叶！"

贝叶没有回头。她从木棒上摘下一片叶子抛在海面上，叶子滴溜溜转着，越来越大。贝叶跨上去，叶子便向海中心漂去，在茫茫大海中，很快就看不见了。

跑到山脚下的人们，错落地跪了下来。

叶船在茫茫大海上疾行如飞，贝叶的长发向后飘拂，如同一面墨黑的帆。船很快来到一个大漩涡，海水在漩涡里旋转。小船旋了进去，像顺着螺旋形滑梯似的向下滑，贝叶落到海底。她看见自己站在一个拱门前。拱门是红白两色珊瑚树交叉形成的。"哈哈哈！"随着笑声，一个中年男子走出来。他的头呈方形，虽然有人的端正五官，却仍有魔怪的狰狞意味。半秃的头顶使他显得有些疲惫。他引贝叶进了拱门，又进了一个大岩洞，转了几个弯，来到一个大厅。厅中四壁亮闪闪的，如同缀满雪花。正面墙上一长串白色的球，贝叶定睛细看，不觉用手紧握住木棒。原来那都是人头骨！那都是她的邻舍乡里，可谁是谁，再也分不清。

"你是来嫁给我了！哈哈！"龙笑道。

"不过有一个条件，"贝叶手持细木棒站在厅中，神气如同持着一根王杖，"你永不能再吃人。"

"哦，哦！"龙觉得很好玩，"你是奸细么？"

"我是人。"贝叶回答。

龙答应了。贝叶住了下来。她是个很好的妻子，把凌乱的洞穴收拾得舒适宜人。她给龙吃人的饭食。甚至在海底开了个小菜园，在海礁、珊瑚之间搭了些豆棚瓜架。一年以后，贝叶生了一对双胞胎，一男一女，十分可爱。他们的摇篮是大贝壳，里面铺满海藻。龙到晚上总是恢复龙的身躯，伸展在岩洞中。起初，他不让贝叶看见他的睡态，等有了孩子，他要贝叶和孩子睡在他头边，好随时看见他们。他还常让贝叶在龙鳞上按摩，催他入睡。

三年以后，孩子会满地跑了，他们看见厅中的一长串人头骨。"那是什么？要！要！"小手指着人头。贝叶把他们哄开去，把人头一个个深深地埋进海底。龙总是爱仔细观察自己的家，他对这个家很满意。他很快发现大厅中少了这重要的装饰。"人头哪里去了？"他咆哮起来。

"不要了，不吃人了。"贝叶微笑。

龙大发雷霆，蓦地现出原形，粗大的身躯在水中翻腾，海底都晃动起来。"那是我的法宝！"龙头逼在贝叶

跟前叫道，呼吸把贝叶的长发吹得根根竖起，"人头越多，我的力量越大！"是的，罪孽往往是与力量成正比的。

贝叶拉着两个孩子，伤心地看着龙的狰狞的头。

"你要我永远不吃人？没有那样的事！"龙说，"好在我还有——"

"还有什么？"贝叶镇定地问。

"——还有大海的力量！"龙得意地笑了，"你这奸细！你能奈何我?！"他因为得意，不一时便消了怒气。贝叶渐渐知道，龙的秘密在从头顶数起的第九块龙鳞里。她每次按摩时，龙决不让她碰那一块鳞的。贝叶不想伤害他，只要他不伤害人类，她是要一辈子伴着他的。她甚至有些可怜他，他那样大，那样蠢——"也许有一天他又会吃人。"贝叶想，望着他的睡态，心里的一点怜惜忽然冻住了，冻得像铁一般硬。"那——我就杀了他！"

十年过去了。一天，龙从外面回来，还是中年男子的模样，方脸上带着笑意，颈上沉甸甸地挂着什么。贝叶细看时，见那是一串人头骨，新鲜的人头骨，海水还没有洗去上面的血迹。贝叶又恨又怕，发起抖来，就像当年在沙滩上一样。

"你吃了人？"

"我痛痛快快吃了一顿！补偿十年的斋戒！可不是在你的村庄。"龙笑着，把项上的人头挂在大厅中，厅中的雪花登时发出凄惨的光。两个孩子高兴地跳上去看,"这是什么?""这是好东西,你们长大也要吃!"龙一手一个抱起两个孩子,让他们看。孩子们嬉笑着,真以为是好玩的东西。一会儿,龙躺下休息,他一躺下,立刻仍化为龙。

贝叶悄悄地找到她的细木棒。她几乎想不起把它放在哪里了,她多荒唐!木棒一点没有变,仍旧像离开家乡时一样,颜色乳白,泛着浅浅的青绿。她用木棒挠开第九块龙鳞,发现里面满是晶莹的细珠子,光华四射。珠子很快流进水中,而且立即消失了,没有一点痕迹。贝叶伸手抓捞,什么也摸不到。长发垂下来,触在流淌的珠子上,轰的一声,贝叶满头烧起熊熊的火焰,就像长发在大风中飞舞一样,红的火舌在她头上飞舞。贝叶吃惊地站起身,又镇定地用力把木棒向第九块龙鳞下狠狠戳进去。

只听天崩地裂一声巨响,龙猛然扭动身躯,向水面腾起。洞穴坍了,大石一块块倒下来。海水咆哮着竖起一个个浪峰。人头本来应随着大龙供他驱使,现在他已失去海赋予的力量,便一个个给岩石压碎了。海面上风雨大作、雷电交加,贝叶头上的火照亮了黑夜。海水浇在火焰上发出吱吱的响声,火却越烧越旺。木棒已变为利剑,贝叶持剑一次次向龙刺去。龙都勉强躲过了。贝叶也躲过了龙的尖牙、利爪和尾巴。这一场恶斗几乎把海翻了个儿。龙已伤了元气,行动越来越迟缓。斗了一阵,贝叶一甩满头的火焰,一剑斩下了龙头。龙的身首各自腾地跳出水面,然后重重地落下,沉向海底。

贝叶举着剑看龙会不会再上来，忽见两条小龙向她扑过来。她举剑挥去，两条小龙的头都落进海里，小龙的身子立即变成两个无头孩子，站在水面上。

贝叶愣住了，半天才喊出来："我的儿！我的女！——你们跟着爹爹去吧！"遂掉首不顾，从木棒的一端摘下一片叶子，抛向海面。叶子转眼变成小船，她纵身跃上，叶漂如飞，直奔岸上。

海水汹涌着追她，一个浪头又一个浪头打了下来。波涛中响着清脆的孩子的哭叫声："妈妈！妈妈！"贝叶回头望时，见她的儿女在浪头上赶来，四只小手向她伸着。"妈妈！妈妈！"声音是从肚脐发出来的。

贝叶头上的火向上蹿了一尺多高。她随手在波浪中斩了一个鱼头、一个虾头，扔给她的孩子。孩子有了头，各自凸着眼睛盯着母亲，从鱼嘴和虾嘴里叫着妈妈，扑在船边。贝叶拉他们上了船，一直漂到岸边。风吹着她头上的火焰，像一面血红的帆。

朝阳正在升起，照得海面红彤彤的。远处山上，一片绿树，掩映着竹篱茅舍。贝叶心中像流过了一缕甘泉。"家乡，我的家乡——"她恨不得一步走到自己的村庄，看看隔绝多年的母亲，看看门前的树，木棒是从那树上取下的。她走着，头上的火苗飞舞着，两个小孩畏怯地牵着她的衣襟，沙滩上显出缭乱的黑影。

她走到山脚下，听见一个老人和一个孩子在说话。

"十年前，贝叶就从这里下海去了。"

"她为了大伙儿去的，是吗？""是的。""她还回来吗?""她为大伙嫁了老龙,不回来了。"

"我回来了!"贝叶高兴地说,顺着石阶向山上跑去,刚转过一个山坡,说话的两人就吓得大叫,拔脚往村里逃。"妖怪来了,老怪派来的!"老人用力地嚷,拼命拖着接连摔跤的孩子,转眼逃得不见影踪。

贝叶觉得十分寒冷,比这么多年在冰冷的海底还要寒冷。她站住了,看看自己孩子的鱼头和虾头,看看自己头顶的火焰在山石上投出的跳动的影子。"我不回来——不能回来了。"她认真地仔细看着不远的村庄,那里已经是人声鼎沸,一片惊恐的气氛。她弯腰抱着孩子,头上的火越烧越大,母子三人很快成了一个火团。

村中有婴儿落地的啼哭声,那红皱皱的婴儿不用担心妖怪了。通红的火团中,贝叶仍认真地向村庄看着,随即慢慢地闭上眼睛。

惊恐过后,村人走出村来下田下海,一切是这样宁静,好像这里从没有过异常的事。只在路旁,有一堆新烧的灰烬,在朝阳下闪闪发亮。

1980 年 10 月

花的话

春天来了,几阵清风,数番微雨,洗去了冬日的沉重。大地透出嫩绿的颜色,花儿们也陆续开放了。若照严格的花时来说,它们可能彼此见不着面,但在这既非真实,也非虚妄的园中,它们聚集在一起了。不同的红,不同的黄,以及洁白、浅紫,颜色十分绚丽;繁复新巧的,纤薄秀弱的,式样各出新裁。各色各式的花朵在园中铺展开一片锦绣。

花儿们刚刚睁开眼睛时,总要惊叹道:"多么美好的世界,多么明媚的春天!"阳光照着,蜜蜂儿、蝴蝶儿,绕着花枝上下飞舞,一片绚烂的花的颜色,真叫人眼花缭乱,忍不住赞赏生命的浓艳。花儿们带着新奇的心情望着一切,慢慢地舒展着花瓣,从一个个小小的红苞开成一朵朵鲜丽的花。它们彼此学习着怎样斜倚在枝头,怎样颤动着花蕊,怎样散发出各种各样的清雅的、浓郁的、幽甜的芳香,给世界更增几分优美。

开着开着,花儿们看惯了春天的世界,觉得也不过是如此。却渐渐地觉得自己十分重要,自己正是这美好世界中最美好的。

一个夜晚，明月初上，月光清幽，缓缓流进花丛深处。花儿们呼吸着夜晚的清新空气，都想谈谈心里话。榆叶梅是个急性子，她首先开口道："春天的花园里，就数我最惹人注意了。你们听人们说过吗？远望着，我简直像是朵朵红云，飘在花园的背景上。"大家一听，她把别人全算成了背景，都有点发愣。玫瑰花听她这么不谦虚，很生气，马上提醒她："你虽说开得茂盛，也不过是个极普通的品种，要取得突出的位置，还得出身名门。玫瑰是珍贵的品种，这是人所共知的。"她说着，骄傲地昂起头。真的，她那鲜红的、密密层层的花瓣，组成一朵朵异常娇艳的不太大也不太小的花，叫人忍不住想去摸一摸、嗅一嗅。

"要说出身名门——"芍药端庄地颔首微笑。当然，大家都知道芍药自古有花相之名，其高贵自不必说。不过这种门第观念，花儿们也都知道是过时了。有谁轻轻嘟囔了一句："还讲什么门第，这是十八世纪的话题！"芍药听了不再开口，仿佛她既重视门第，也觉得不能光看门第似的。

"花要开得好，还要开得早！"已经将残的桃花把话题转了开去，"我是冒着春寒开花的，在这北方的没有梅花的花园里，我开得最早，是带头的。可是那些耍笔杆儿的，光是松呵竹呵，说他们怎样坚贞，就没人看见我这种突出的品质！"

"我开花也很早，不过比你稍后几天，我的花色也很美呀！"说话的是杏花。

连翘忙插话道:"论美丽,实在没法子比,有人喜欢这个,有人喜欢那个,难说,难说。倒是从有用来讲,整个花园里,只有我和芍药姐姐能做药材,治病养人。"她得意地摆动着柔长的枝条,一长串的小黄花都在微笑。

玫瑰花略侧一侧她那娇红的脸,轻轻笑道:"你不知道玫瑰油的贵重吧。玫瑰花瓣儿,用途也很多呢。"

白丁香正在半开,满树如同洒了微霜。她是不大爱说话的,这时也被这番谈话吸引了,慢慢地说:"花么,当然还是要比美。依我看,颜色态度,既清雅而又高贵,谁都比不上玉兰。她贵而不俗,雅而不酸,这样白,这样美——"丁香慢吞吞地想着适当的措辞。微风一过,摇动着她的小花,散发出一阵阵幽香。

盛开的玉兰也矜持地开口了。她的花朵大,显得十分凝重,颜色白,显得十分清丽,又从高处向下说话,自然而然便有一种屈尊纡贵的神气。"丁香的花真像许多小小银星,她也许不是最美的花,但她是最迷人的花。"她的口气是这样有把握,大家一时都想不出话来说。

忽然间,花园的角门开了,一个小男孩飞跑进来。他没有看那月光下的万紫千红,却一直跑到松树背后的一个不受人注意的墙角,在那如茵的绿草中间,采摘着野生的二月兰。

那些浅紫色的二月兰,是那样矮小,那样默默无闻。她们从没有想到自己有什么特殊招人喜爱的地方,只是默默地尽自己微薄的力量，给世界加上点滴的欢乐。

小男孩预备把这一束小花插在墨水瓶里，送给他敬爱的、终日辛勤劳碌的老师。老师一定会从那充满着幻想的颜色，看出他的心意的。

月儿行到中天，花园里始终没有再开始谈话。花儿们沉默着，不知怎么，都有点不好意思。

1963 年

冰的画

岱岱出疹子,妈妈要他躺在床上,不准起来。他起初发高烧,整天昏沉沉的,日子还好打发。后来逐渐好了,还让躺着,而且不能看字书,怕伤了眼睛,真腻烦极了。白天妈妈不在家,几本画书都翻破了,没意思!他只好东张西望,研究家里的各种摆设,无非是桌、椅、柜、橱,他从生下来就看着的。窗台上有一个纸盒,资格倒还不老。盒里有一点泥土,土中半露着几颗柏子,柏子绿得发黑,透出一层白霜。那是岱岱采回来给妈妈泡水喝的,可她总不记得。

晚上妈妈回来,总是微笑着问:"岱岱闷坏了吧?"一面拿出一卷果丹皮,在他眼前一晃。岱岱更知道妈妈是累坏了,两只小手攥住妈妈冻僵的手,搓着,暖着,从不抱怨自己的寂寞。

可能是近来睡得太多了,这一天岱岱醒得特别早。妈妈已经走了。他想看窗外的大树,但是看不见。他以为窗帘还没有拉开,屋里却又很亮。他仔细看着,原来窗上的四块玻璃,冻上了厚厚的冰,挡住了视线。

"一层冰的窗帘。"岱岱想。今天一定冷极了。他想找一个缝隙望出去，目光在冰面上搜寻着。渐渐地，他发现四块玻璃上有四幅画，那是冰的细致而有棱角的纹路，画出了各样轮廓。

右上首的一幅是马。几匹马？数不清。马群散落在茫茫雪原上，这匹马在啃着什么，那匹马抬起头来了。因为冰的厚薄不匀，它们的毛色也有深浅。忽然马匹奔跑起来，整个画面流动着。最远的一匹马跑得最快，一会儿便跑到前面，对着岱岱用蹄子刨了几下，忽然从画里蹿了出来，飞落在书柜顶上。

"哈！你好！"岱岱很高兴马儿来做伴，"你吃糖么？"

马儿友好地看着岱岱，猛然又从柜顶跃起，在空中绕着圈子奔驰。它一面唱着："我是一匹冰的马，跑呵跑呵不能停；我要化为小水滴，滋养万物得生命。"它的声音很好听，是丰满厚重的男中音。跑着跑着，它不见了。

岱岱忙向玻璃上的冰画里找寻，只见左上首冰画中万山起伏，气势十分雄壮。远处一个水滴似的小点儿，越来越大，果然是那马儿从远处跑进这幅画中了。它绕着各个山峰飞奔，忽上忽下，跳跃自如。一会儿，山的轮廓渐渐模糊了，似乎众山都朝着马儿奔跑的方向奔跑起来。"群山如奔马。"岱岱想。这是妈妈往西北沙漠中去看爸爸时，路上写的一句诗。

左下首的冰画是大朵的菊花。细长的花瓣闪着晶莹的光，花儿一朵挨着一朵。岱岱的目光刚一落上，它们就一个接一个慢慢地旋转起来，细长的花瓣甩开了，像是一柄柄发光的伞。忽然有什么落在伞上了。是一个小水滴么？水滴中还是那匹马。水滴连同马儿在花瓣上轻盈地跳着，马儿在水球里举蹄摇尾，随着水球滚动做出各种姿势。一会儿，水的外罩顺着花瓣流下去，马儿好像脱去了外衣，它抖了抖身子，灵巧地踏着旋转的花瓣跳舞。对了，妈妈昨晚讲过在唐朝宫廷里象和马跳舞的故事，该给它们配点音乐才好。岱岱伸手去拿录音带盒。真糟糕！忘记问妈妈，象和马跳舞都用什么音乐了。

马跳着，花瓣也参加了，好像许多波纹，随着马的舞姿起伏。一会儿，马停住了跳舞，侧着头屈了屈前腿，便从花瓣上飘然落下。在它落下来的瞬间，细长的菊花瓣齐齐向上仰起，好像是在举剑敬礼。

右下首的冰画中只有一棵松树。一丛丛松针铺展着，冰的松针，冰的松枝，冰的树干，树干嵌入窗棂中，像是从石缝里长出来的。树干向上斜生，树枝则缓缓向下倾斜，一丛丛松针集在一起，成为一个斜面。斜面上有一滴亮晶晶的东西滚动着。又是那马儿在里面！它好像玩球似的，在球里面踏动，水滴慢慢滚着，它还是四脚着地，十分悠闲。随着水滴的转动，树枝的斜面越来越向下，马儿的长长的鬃毛飘起，它在向远处飞奔，越来越小，然后水滴里什么也没有了，像一个透明的球，一直滚落在窗台上。

岱岱忽然看见窗外的大树了。它那光秃秃的枝丫，向冬日的天空伸展着。冰画都消失了，只有一层淡淡的娃，小娃娃好好地睡在她的纸盒做的床里，身上盖着花手帕，整整齐齐，一点没有乱。

"那是狗熊吗？你头疼了是不是？"但也不是狗熊。这狗熊已经过好几个孩子的手，耳朵掉了一个，小玉总认为它在头疼。这时它还是瞪着一双大眼睛，温驯地看着小玉。

哭声还是不停。小玉坐了起来，听出哭声是从书橱那边发出来的。小玉马上明白了，在哭的是吊竹兰！在淡淡的月光中，可以看见它那长长的花茎因为抽噎而不停地扭来扭去。

小玉刚想说话，却听见书橱上一个沙沙的声音说："不要哭了，你不是还活得好好的吗？"

吊竹兰边哭边说："我不能光活着，我还得是我自己。你看看，我的颜色都没有了，我还算是吊竹兰么？"

"那不要紧，我可以给你画上红的、蓝的、黄的，你要什么颜色就画上什么，比你本来的紫色还好呐。"原来说话的是小玉的蜡笔盒。那是个瘦长的塑料盒子，底是蓝色的，盖子是透明的，盒子里露出一排各色的蜡笔。这是小玉很喜爱的东西，但这时她觉得那沙沙的声音很讨厌。它一面说着，一面站了起来，一跳一跳地到了吊竹兰身边。

"那可不行！"吊竹兰大叫一声。小玉从没想到看来这样柔弱的植物会发出这样大的声音，她不觉坐得直一些，表示对它的敬意。

"嘿！不必这样大动肝火嘛！"蜡笔盒笑了，"给你涂上红颜色吧？你就更好看了，说不定什么时候，给你送进什么高级植物园里去——举世无双的红吊竹兰！"

"我不要别人给我涂什么颜色，我要的是我自己，要的是从我自己生命里发出来的颜色，懂么？"吊竹兰平静了，认真地、坚决地说。

"原来你是一个我行我素、自高自大、任性的东西！"蜡笔盒的口气好像是恍然大悟。

"这些和我可从来没有关系！"吊竹兰似乎笑了，"你不会懂的，因为你没有生命。"

蜡笔盒沉默了，它可能要想一想"生命"是怎么回事罢。小玉却想问一问，为什么吊竹兰要它自己从生命里发出来的颜色。但她听见开门的声音，爸爸从图书馆回来了。

爸爸进来，只见小玉好好地睡着，小房间里静悄悄的，没有一点声音。

第二天小玉一下床，就跳到书橱边看那盆吊竹兰。吊竹兰的叶子成了一片灰色，那绛紫色的边没有了，明亮的绿色也没有了，好像一幅美丽的图画，画上好看的东西都不见了，只剩下一张旧的、灰黄色的纸。

"我应该浇水！"小玉猛然明白过来。

从这天起，小玉每天给吊竹兰浇水。清水渗进了泥土，吊竹兰又慢慢地有了颜色，绿和绛紫色很分明了。她很希望爸爸表扬她，但爸爸什么也没有看见。

又是一个夜晚，小玉从睡梦中醒来，听见嘁嘁喳喳说话的声音。

"你这回真高兴了！"这是蜡笔盒那沙沙的声音，"瞧你多精神，多漂亮！"

已是月圆的时候了，月光照进窗来，满室一片乳白色的光辉，映在吊竹兰叶子上，叶子闪闪发亮。

"好看！"小玉心里赞叹道，一面坐起身来，想看得更仔细些。

"我并不是要好看，"吊竹兰说话了，它的颜色在月光下显得既柔和又鲜明，花茎轻轻拂动着，好像在做着手势，"我要的是我自己的颜色。"

"其实涂上去不一样么？要什么颜色就涂什么颜色，多简便！"蜡笔盒站起身来，转了一个圈，在月光中显示一下它拥有多少颜色，都是随时可以涂抹的。

"什么颜色行时，就涂上什么，对不对？"吊竹兰又激动起来。

"你自己就永远是这个样儿，不能改变么？"蜡笔盒向后退了两步。

"我从来不拒绝改变。但那必须是从我自己的生命里发出来的——尽管那很痛苦，很艰难——"

"你把很容易的事看得很难！"

"因为我有生命，而生命并不只是活着。"吊竹兰又提到了生命。小玉觉得自己像那蜡笔盒一样地笨了，甚至都不知道应该怎样提问题。

爸爸还没有回来呢，可谁都不说话了。小玉有些遗憾，只有月光温柔地抚摸着房间中的一切。

又过了几天，妈妈回来了，小玉第一件事便是拉着妈妈的手去看吊竹兰。吊竹兰鲜明的颜色在白纱窗帷旁闪动着。

"吊竹兰长得好,它的颜色这样分明。"妈妈高兴地说。

"你知道吊竹兰说些什么?"小玉拉着妈妈的衣襟,仰着小脸看着妈妈。

"在我还是你这样的小女孩的时候,我听见了。"妈妈笑着,一下子把小玉抱了起来。

1978 年底

锈损了的铁铃铛

秋天忽然来了,从玉簪花抽出了第一根花棒开始。那圆鼓鼓的洁白的小棒槌,好像要敲响什么;然而它只是静静地绽开了,飘散出沁人的芳香。这是秋天的香气,明净而丰富。

本来不用玉簪棒发出声音的,花园有共同的声音。那是整个花园的信念:一个风铃,在金银藤编扎成的拱形门当中,从缠结的枝叶中挂下来。这风铃很古老,是铁铸的,镌刻着奇妙的花纹。波状的花纹当然是水,小小的三角大概是山,还有几条长短线的排列组合。有人考证说是比八卦图还早的图样,因为八卦的长短线都是横排,而这些线是竖着的。铃中的小锤很轻巧,用细链悬着,风一吹,就摇摆着发出沉闷的、有些沙哑的声音。春天和布谷鸟悠远的啼声做伴;夏天缓和了令人烦躁的坚持不懈的蝉声;秋夜蟋蟀只有在风铃响时才肯停一停。小麻雀在冬日的阳光中叽叽喳喳,有时会站在落尽了叶子,但还是很复杂的枝条上,歪着头对准风铃一啄,风铃响了,似乎在提醒,沉睡的草木都在活着。

"铁铃铛!"孩子们这样叫它。他们跑过金银藤编扎的门，总要伸手拨弄它。

"铁铃铛！"勉儿，孩子中间最瘦弱的一个，常常站在藤门近处端详。从他装满问号的眼睛可以看出，他也是最喜欢幻想的一个。

风铃是勉儿的爸爸从一个遥远的国度带回的，却是个地道的中国古董。无论什么，从外国转一下都会身价百倍，所以才有那些考证。爸爸没说从哪一个国家，只带笑说这铃有巫师施过法术。勉儿知道这是玩笑，但又觉得即使爸爸不说，这铃也很不一般，很神秘。

风铃那沉闷又有些沙哑的声音，很像是富有魅力的女低音，又像是一声长长的叹息。

勉儿常常梦见爸爸，那总不在家的爸爸。勉儿梦见自己坐在铁铃铛的小锤上，抱住那根细链，打秋千似的，整个铃铛荡过来又荡过去，荡得高高的，飞起来飞起来！了不得！他掉下来了，像流星划出一条弧线，正落在爸爸的书桌上。各种书本图纸一座座高墙似的挡住他，什么也看不见。爸爸大概到实验室去了。爸爸说过，他的书桌已经够远，实验室还更远，在沙漠里。

沙漠是伟大的，使人心胸开阔。沙丘起伏的线条很妩媚。铁铃铛飘在空中，难道竟变成热气球了么？这是什么原理？小锤子伸下来又缩上去，像在招呼他回去。

"爸爸！"勉儿大声叫。

他的喊声落在花园里，惊醒了众多的草木。小棒槌般的玉簪棒吃惊地绽开了好几朵花。紫薇摇着一簇簇有皱褶的小花帽。"爸爸？"它怀疑。自从有个狂妄的人把它写进文章，它就总在怀疑，因为纸上的情形确实与它本身相距甚远。马缨花到早上才有反应。在初秋的清冷中，它们只剩了寥寥几朵，粉红的面颊边缘处已发黄，时间确实不多了。"爸爸！"它们轻蔑地强笑，随即有两三朵落到地上。

风铃还在那里，从金银藤的枝叶里垂下，静静的，不像经过空中旅行。勉儿的喊声传来，它震颤了，整个铃身摇摆着，发出长长的叹息。

"你在这里！铁铃铛！"勉儿上学去走过藤门时，照例招呼老朋友。他轻轻抚摸铃身，想着它可能累了。

风铃忽然摇动起来，幅度愈来愈大，素来低沉的铃声愈来愈高昂、急促，好像生命的暴雨尽情冲泻，充满了紧张的欢乐。众草木用心倾听这共同的声音，花园笼罩着一种肃穆的气氛。

"它把自己用得太过了。"紫薇是见过世面的。

勉儿也肃立。那铃勇敢地拼命摇摆着，继续发出洪钟般的、完全不合身份的声响。声响定住了勉儿，他有些害怕。这样一件小物事，怎么能发出这样的大声音呢？它是在呼喊。为它自己，为了花园，还是为了什么？

好一阵，勉儿才迈步向学校走去。随着他远去的背影，风铃逐渐停下来，声音也渐渐低沉，最后化为一声叹息。不久，叹息也消失了，满园里弥漫着玉簪花明净又丰富的香气。

草木们探询地望着藤门，又彼此望着，几滴泪珠在花瓣上草叶间滚动。迷蒙的秋雨。

孩子们从学校回来，走过花园，跳起来拨弄那风铃。可是风铃沉默着，没有反应。

"勉儿！看看你们家的风铃！它哑了！"一个孩子叫着跑开了。

勉儿仰着头看，那吊着小锤的细链僵直了，不再摆动，用手拉，也没有一点动静。他自己的心悬起来，像有一柄小锤，在咚咚地敲。

他没有弄清到底发生了什么事，便和妈妈一起到沙漠中了。无垠的沙漠，月光下银子般闪亮。爸爸躺在一片亮光中，微笑着，没有一点声音。

他是否像那个铁铃铛，尽情地唱过了呢？

勉儿累极了，想带着爸爸坐在铃上回去。他记得那很简单。但是风铃只悬在空中，小锤子不垂下来。他站在爸爸的书桌上，踮着脚用力拉，连链子都纹丝不动。

— 64 —

铃顶绿森森的，露出一丝白光。那是裂开的缝隙。链子和铃顶粘在一起，锈住了。

如果把它挂在廊檐下不让雨淋，如果常常给它擦油，是不是不至于……？

"它已经很古老了，总有这么一天的。"妈妈叹息着，安慰勉儿。

花园失去了共同的声音，大家都很惶惑。玉簪花很快谢了，花柄下一圈残花，垂着头，像吊着一圈璎珞。紫薇的皱边小帽都掉光了。马缨只剩了对称的细长叶子敏感地开合，秋雨在叶面上滑过。

妈妈说，太沉闷了，没有一点声音为雨声作注脚。于是一位叔叔拿了一个新式的新风铃，金灿灿的，发光的链条下坠着三个小圆棒，碰撞着发出清脆悦耳的声音。

那只锈损了的铁铃铛被取下了，卖给了古董商。勉儿最后一次抱住它，大滴眼泪落在铃身上，经过绿锈、裂缝和长长短短的线路波纹，缓缓地流下来。

1988年8月末于玉簪花香中

遗失了的铜钥匙

一扇普通的房门，好像通往另一个房间，其实里面是个壁橱。门上有连带着铜把手的锁，钥匙也是铜的，长柄末端有一个圈，悬挂方便，不像现在的钥匙只有一个孔。妈妈喜欢各种新潮玩意儿，唯独钟爱这古老的钥匙，用红绒线穿着，放在床头小几的抽屉里。有时开过壁橱门，就把红绒线套在手腕上，到处走动。

在勉儿心目中，这壁橱是神圣又神秘的地方，妈妈开门时，他总要钻进去看。里面其实很普通，两层木板架，上面堆着不用的被褥，下层搁着几个箱子，箱子上放着一红一绿两个锦匣，妈妈叫它鸳鸯匣，是勉儿没有见过的祖母给妈妈的，似乎是神秘的集中点了。红匣里装着爸爸从沙漠写回来的信，以前妈妈常拿出来读，读着读着，晶莹的泪珠滴湿了信纸。这种时候，似乎爸爸就在家里，在他们身旁，勉儿觉得很平安，虽然他很怕妈妈哭。

绿匣里本来只有一个银胸针，还有些缎带、绢帕之类，近来东西多起来。三串项链用绢帕分别包着。一串红玛瑙，一串木变石，还有一串珍珠，但没有一颗圆的，有几粒较长，大概可以名之为玑；更多的是不成形的小颗粒，有的长有的扁，串在一起，也算是珍珠项链了。还有两个戒指，一个嵌着一块闪光的灰蓝色小石头，另一个嵌着的石头是紫红色的，妈妈说叫作紫牙乌宝石。怎么不叫紫乌鸦，要倒过来？勉儿好生奇怪。

妈妈很喜欢这些东西，有空时就拿出来戴，坐在镜前换着戴，只从来不拿那发黑了的银胸针。这时的妈妈似乎到了怡悦自得的极高境界，神色庄严，透出一线难以觉察的笑意。这时的妈妈似乎找到了她自己，那有追求美的天性的、温存的、自我欣赏的女性的自己。

因为新东西愈来愈多，那铜钥匙已经许久没有亲近主人的手腕了。有一天妈妈把玩过那几件首饰，想把它们放回壁橱，却找不到铜钥匙。桌下床下，角角缝缝都看过，没有。勉儿放学回来，也帮着找。他特别到摆过木头陀的玻璃书橱下找，还到厨房，仔细检查了筷笼子，怕这把钥匙混杂在里面。

不见踪影。

"我没有出去过。"虽然妈妈这样说，勉儿还是到花园去看。循玉簪花径走过去，拨开每一片叶子。那些肥大的叶子足够遮蔽一打钥匙。但只有两条蚯蚓躲在叶子的阴凉下。盛开的玉簪花弯着花蕊，低声问："要发警报么？"它们的丰润的叶子可以绷紧，让未放的花——那圆鼓鼓的小棒槌咚咚地敲。

勉儿摇头，走到紫薇和马缨前。紫薇的黯淡的小花朵愁眉苦脸，它们一定是无能为力的。马缨叶子悄然舒展着，表示这里没有任何人或物的藏身之处。

快到金银藤编扎的门了，绿叶中猛然跳出一点鲜明的红，使得勉儿一怔。

这是那拴在钥匙上的红绒线，正在原来悬挂风铃的地方——风铃卖掉已快一年了。红线从一片浓绿中露出一截，园中只有这一点红，红得打眼。

"在这儿。早该想到的。"勉儿一阵欢喜，正要跑过去，忽然觉得一种看不见的力量挡住了他。紧接着金银藤门的枝条活动起来，向两边分开，从中涌出一座巨大的双扇门，是关着的，发着幽暗的光。仔细看时，这门是大块木变石串成，串出有各种花朵的好看的图样，像一幅刺绣。门前有几个小人儿，也是木变石串成的，木偶似的一跳一跳。在做游戏么？

"让我过去！"勉儿大叫。

"不是所有遗失了的都能找到。"一个小人儿点着木变石的头，对勉儿说。

那看不见的力量向后推着勉儿，勉儿偏奋力向前推。忽然间双扇门开了。勉儿几乎跌一跤。门中又涌出一座闪烁着红光的月洞门。红光照着花园里的众草木，像一片绚烂的落霞。那红玛瑙做成的月洞门，便像一轮夕阳了。这近在咫尺的夕阳虽然发光，却是冷的、硬的、不流动的。下面一片绿草，随着微风摇曳，飘出和谐的轻柔的声音："过去的每天都不会再来。"

"过去的每一天都不会再来！"是的！是的！可是那红绒线挂在那儿呢。

红玛瑙门开了,一阵耀眼的光芒过后,慢慢涌出一扇白色的光华夺目的门,门的样子像那壁橱,是珍珠串成的。圆圆的饱满的珍珠,绝不是项链上那些屑片。它们的光辉变成拱形的桥,一直向前伸展。桥上站着一个卫士,身子像一个环,圆圆的头顶闪着灰蓝色的光。"我是星光宝石。"他向勉儿鞠躬,随即飞快地从桥上滚下来,急速地旋转,就像一枚铜板那样。这时从花草间涌出许多雪白的、亮晶晶的小人儿,跳起珍珠之舞。

这些珍珠很轻盈,飘飘然像肥皂泡,它们的队形似乎很不经意,却都很美。每一转侧便闪着七色的虹彩。天渐渐黑下来,夕阳早已消失,显出满天星斗。星斗和珍珠互相望着。蓦然间,几颗星落下来,几粒珍珠飞上去,在空中织出各种图案,像一个发光的网,罩住了花园。

珍珠门关着。门的一侧,从远处走来一个身影,愈来愈清晰,勉儿渐渐看清楚了。

"妈妈!"他叫道。妈妈没有听见,珠光宝气拥着她。她似乎飘在空中,无法走进那扇珍珠门。

"妈妈,快看!"勉儿又叫。忽然响起玉簪花棒急促的敲打声。门的另一侧又出现了红绒线,在光辉中显出一截透亮的红,却看不清挂着什么。

是遗失了的铜钥匙么?

妈妈微笑,摆摆手,手上戴着那紫红色的戒指。随即转身,渐渐消失在光彩间。

所有的门都消失了,各种光华都向勉儿射来,很沉重。勉儿挣扎着想逃开，但是光线愈逼愈紧。慌张间又见好几颗星星向他头顶落下，他想伸手去拦住，忽然醒了。

妈妈正俯身抚着勉儿的头，手上闪着紫红色的戒指。

勉儿很想哭，哑声问："找到了吗？"

妈妈微笑，接着是一声轻轻的叹息。"你梦里也惦记着，其实不必的。"

其实不必的。

1988 年 9 月中旬

小沙弥陶陶

小沙弥陶陶从麦积山来。麦积山在中国甘肃境内。山形如麦垛,山壁上石洞相连,有着丰富的极生动的泥塑、石刻。第一百几十号洞中有一个小沙弥,和真人一般大小,袈裟似在飘动,眉清目秀,嘴角边有一缕笑意,十分淡远温厚,被人们誉为东方的微笑。

不知是什么年月,人们在洞中发现一块土坯,便把它当作垃圾,扔在一辆破车里,运到很远的地方;又换了一辆更破的车,运到更远的地方。经过长途颠簸,土坯裂开了,一块块掉落,到它躺在一片旷野上时,已经出现了一个漂亮的小沙弥,一尺来高,眉清目秀,嘴角上带着那东方的微笑,和那洞窟中的小沙弥一模一样。他不是复制品,而是原稿,凝聚着塑者最初的心血。他在长途颠簸后显露了本来面目,却不幸折断了左臂。几只小鹿走过来,看见小沙弥,觉得他真是漂亮。它们用草做成一个筐,把他和他的断臂装进去。两只小鹿衔着筐慢慢走,走了不知多少天,经过了各样的山谷和林木,来到一座森林。小鹿们商量了一阵,郑重地推选了两只小鹿仍旧衔着他,走进森林。林中很阴暗,弯曲的路拐来拐去,后来到了一片开阔的草地。草地上开着星星点点的野花,从这里可以看见高得无比的天空。草地当中有一棵大树,非松非柏,非杨非柳,气象很是威严。小鹿恭敬地把他放在树下,把他的断臂摆好,便离开了。不知过了多少天,树上飘下几片叶子,落在小沙弥的身上,有一片正好覆盖了他的断臂。这样又不知过了多少天,一只野兔从树下跑过,它拍了拍小沙弥,说:"别睡了,到外面去看看好不好?"

小沙弥忽然醒了。他坐起身又站起身,活动着手臂、腿脚,断臂已经长好了。他对野兔说:"你好!"野兔的长耳朵向前弯了一下,那是打招呼。小沙弥跟着它走到草地边,转回身仰望那棵大树。看了好一会儿,又跟着野兔走。走过森林中弯曲的路,出了林了,野兔不见了。小鹿们在灌木丛中玩耍,这已是原来那些鹿的后代了。一只鹿请小沙弥坐在自己的背上,大家一起在旷野上遨游。它们有时慢慢走,东张西望,有时跑得很快,小沙弥也没有跌下来。又不知逛了多久,它们把小沙弥放在一个小村边,自己跑走了。一个村民看见这个小沙弥。"这样好看的小泥人。"他说,便捡起了小沙弥,拿到市场上去卖。一位雕塑家从那里过,看见小沙弥,不觉吃了一惊,这不是那"东方的微笑"吗?他拿起他研究了一番。他把一件新外衣送给村民,那是他买来抵御西北的寒风的。村民还要他头上的帽子,他立刻同意。他把小沙弥装在一个玻璃匣子里,经过长途旅行,一直送到一个人家的客厅。

这个人家在一条河边，河水缓缓地流，流过两岸的树木草丛。那里春天开满了浅紫色的二月兰，夏天是一片浓绿，秋天的落叶给了河岸金黄的颜色，冬天则是晶莹的白雪。河水也流过这一栋小小的房屋，房屋是粉红色的，前后有许多花。里面住着一个母亲和她的两个女儿，大女儿十五岁，小女儿十三岁。

雕塑家把玻璃匣子放在桌上，他一打开，两姊妹就欢呼起来："这是我们的朋友！"她们说，"你看他正在微笑。"于是雕塑家介绍了"东方的微笑"。他说："你看这微笑，给人以宁静和安慰，必须有慈悲心才会有这样的微笑。"妈妈也讲了他那飘飘然的服饰，说他是佛门中的小沙弥。她从事的工作是服装设计，自然看得清楚。

"我要叫他陶陶。"妹妹说。陶这个字和土有关，又和快乐有关。"这真是个好名字。"大家说。小沙弥向他们转动眼睛，可是谁也没有注意。

小沙弥陶陶在这家的客厅里住了下来，或者说站了下来，站在放艺术品的多宝格里。这是一个温暖的家庭。他最爱听小女儿放学回家一路喊着"妈妈"跑进屋里，最爱看大女儿帮助妈妈换鞋。妈妈伏案太久，脚有些肿。还有妈妈在餐桌上为孩子们分食物时，那慈爱得几乎有些虔诚的目光。她们常一起唱歌，陶陶不知道她们唱的是什么，只觉得和谐悦耳，像春天的轻风细雨，像一个繁星闪烁的夜。雕塑家是唯一的听众。

陶陶也喜欢听两姊妹的讨论。她们坐在客厅里，在他站的那个格子下面，低声热烈地讨论。姐姐说："我要把世界画下来。"她拿着两张画稿，一张是花园里的丁香。她只画了两个斜枝，枝条把发亮的小花朵送进画面，小白花在一张浅绿色的纸上面好像鼓出来似的，引得人想去摸一摸。另一张画的是她们家门前的那条不大不小的河，远处的桥在垂柳的掩映中，河岸边系着两只很小的小船，好像应该给陶陶坐。它们互相依偎着。妹妹很为这两条小船感动，她说："我来造船吧！造许多许多船，让它们顺着这条河一直漂到海里。每一个海浪上都坐着一个小娃娃，他们可以到甲板上来跳舞。你说好吗，陶陶？"她忽然向陶陶发问。陶陶有些受宠若惊，想点点头却没有动。

妹妹果然画了一条大船，船舷上挂满了发亮的浪花，像那点点丁香。浪花上真的站着几个小娃娃，他们互相招手，好像彼此在问："你要上哪里去？"

陶陶觉得非常快乐。他情愿这样站着、听着、看着、守望着，不管时间流到了哪里。

有一天，姐姐从学校回来，在花园里采了一把丁香花，预备插在瓶里。她走到桌前举着丁香花，忽然叫道："我看不见了！"丁香花落在桌上，也落在地上。妈妈跑过来问发生了什么事，姐姐只是说："我看不见了，我看不见了。"显然，她的眼睛出了毛病。姐姐得了一种急性眼疾，两眼同时失明，本来在少女面前的一个光明灿烂的世界变成一片黑暗。花在哪里？河在哪里？黑暗像一口深不可测的井，而且盖着沉重的井盖，谁也掀不动。这不只是姐姐一个人的黑暗,它也遮蔽了妈妈和妹妹的生活。这个家落入了凄惨的境地。她们千方百计想挽救姐姐的眼睛,可是无效。晚上母女三人坐在一起哭,陶陶很想对她们说:"不要哭,哭了更伤害眼睛。"他还没有说出这句话,自己先流下了眼泪。他的袈裟上立刻有一道湿痕。他是最不能哭的,水会立即把他融化。

经过多方寻医问药,不见疗效,这是一种无法医治的眼疾。姐姐只能在黑暗中过日子,而且一天比一天衰弱。"我不愿意!"她对着太阳喊,又对着月亮喊,"我不愿意!"

陶陶受不了这样的日子,下了决心,要去帮助姐姐。他从格子里飘了下来,走出屋子,在花园里定了定神。他想到的办法是去找那棵树,那棵给他精神和灵气的树。但是怎样去呢?他呆呆地站在屋角。

又一个清晨,他听见屋里彼此问答,像在找什么东西。妹妹在喊:"陶陶!你在哪儿啊?你怎么不见了?"姐姐站在台阶上,大声说:"我虽然看不见你,但我可以摸到你。你怎么一点儿都没有了?"妹妹牵着姐姐走下台阶,绕到屋后去寻找。陶陶感到温暖又酸楚,不管用什么办法,他必须立刻出发,去找那棵大树。他沿着河岸跑,他的步子太小了,跑了很久,才到那座桥。过了桥又走了很久,面前是一座山。他抬头向上看再向上看,这样高的山怎样才能翻越!好不容易爬到半山,看见一片云歇在一块大石旁。云说:"你是陶陶?我能帮助你吗?"陶陶说:"你能帮助我到那片旷野上去么?我要去找那棵树。""你上来吧!"云说,"小心,坐好了。"陶陶坐在这一片云上,好像在一堆棉絮中。不过,云的形状是不规则的。一时这边凸出来,那边凹进去,一时那边凸出来,这边凹进去。陶陶必须随时移动座位,免得掉下去。云说:"你很聪明,很能掌握平衡。"他们很快到了那片旷野,看见了那座大树林。云停在树顶上,让陶陶下来。它说它不能再低飞,否则会化成水。陶陶在树顶上走了一阵,找不到那棵树——这里是一片树木的海洋,可是他找不到那棵特殊的树。他懊恼地滑下树来,在森林边转了好久,没有发现可以走进去的路。几只野兔跳过来,把长耳朵向前弯了一下。又有几只鹿从草原上跑过来看热闹。陶陶说:"你们都是我的老朋友。我能进去到那棵大树跟前么?"鹿们和兔们商量了一阵,派出一只鹿和一只兔领着陶陶进了森林。他们在弯曲的小路上,走呀,走呀,终于在夜里来到那棵大树下。那棵大树发着光,把这一片草地照得很亮。陶陶对大树说:"我知道你会帮助受难的人。我在这里等,好么?"他定定地站在树下,举着双手,他是不怕累的。一天没有动静,两天没有动静,到了第三天,鹿和兔说它们太饿了,真想吃点东西,可它们不敢动这里的草和花。忽然一阵音乐,在音乐声中飘下了两片叶子,落在陶陶手上。陶陶大喜,双手捧着这两片叶子,随着兔和鹿走出了树林。兔坐在鹿背上,向那茂密的灌木丛跑去了。陶陶很希望再遇见那片云,可眼前却是万里无云的晴空。不管怎样还是得往前走,陶陶告别了树林。他不需要吃喝，也不需要休息，日夜兼程，不浪费一点时间。这一天，他爬上一座山坡，忽然看见天边停着片片白云，有一片云正向他飘来。陶陶挥舞着那两片叶子，云停在他面前。这是一片解事的云，它让陶陶坐上去，并且客气地说："随便坐，不用紧张。"它果然不像变形虫，而是像一只真正的船，在万里晴空中平稳地飘着。他们很快来到离大河最近的那座山上，陶陶下了"船"，云很快不见了踪影。陶陶跑呀，跑呀，跑过了桥，一直跑进小屋。屋里空无一人。他到花园寻找，在丁香树下找到一座小小的坟墓，上面堆满了鲜花，一小块石片上写着姐姐的名字。他把那两片叶子放在坟上，叶子很快便枯萎了。"我来晚了，我来晚了。"他伤心地回到格子里站着。傍晚，妈妈和妹妹回来了。妹妹看见他时，将他抱起，端详了一阵，递给妈妈。妈妈摸摸他的衣服，轻轻叹了一口气，仍将他放在格子里。妹妹沉默多了，妈妈衰老多了。小沙弥的心很痛，很痛。

雕塑家来了，也拿着陶陶端详。他们都不问陶陶到哪里去了。从他们的谈话里，陶陶知道雕塑家曾想再做一个小沙弥，可是他没有动手，他知道自己做不出来。他对妈妈说："我可以做出一个泥俑，但我不能给他一颗心。"

母亲和妹妹不再唱歌了。雕塑家说："唱一唱吧，那样也许会好受些。"陶陶很赞成。可是小屋里还是没有歌声。

日子平静地过了两年，妹妹十五岁了。妈妈邀请了一些女孩来为她过生日,她们准备唱一个快乐的歌。妹妹穿着白纱衣裙走进客厅的刹那,突然叫了一声:"我看不见了!"就像两年前姐姐那样。谁能安慰一个盲人?当她眼前是一片漆黑的时候,没有办法的。朋友们散去了,只留下妈妈牵着妹妹的手。船在哪里?海在哪里?它们永远消失在黑暗中了吗?妹妹并不喊叫,把妈妈的手贴在自己脸上。

"我对上天只有一个乞求。"妈妈呜咽道,"让我替我的女儿做盲人。"

她们都知道,盲人还不是最坏的结局。

妹妹做了一个梦,梦见一座森林,树木长得很密。她觉得自己进不去,可还是向前走。树木向两旁分开了,让出一条弯曲的小路。她走到一片奇怪的草地,草地上变幻着山和海。中央有一棵大树,轮廓模糊,但是有一种威严的气象。她想,这是自己眼睛有毛病的缘故。她又向前走,大树就向后退,很快混入森林中,不再显现。乌何有之树,妹妹给它起了一个名字。忽然树林都不见了,只看见陶陶在旷野上跑。她大声叫时,陶陶也不见了,只有黑暗。妈妈听见叫声,想是妹妹梦魇了,过来抚慰。妹妹说:"我看见了乌何有之树。"但愿你能看见,妈妈在心里叹息。

陶陶不能耽误一点时间,又一次出发了。这一次,他走得更快,有一个听不见的鼓点在催着他。他又跑又跳,过了桥,回头望了望那粉红色的小屋,继续向前跑,一直爬到那座山半腰。在那块大岩石旁又歇着一片云,这是一片彩色的云,它很娇懒。它说:"你就是陶陶?告诉你,我可飞不了那么远。"陶陶拱手又鞠躬,一直向它微笑。云沉默了一阵,说:"你上来吧。"这片云好像挂满彩色璎珞的小船。陶陶尽量缩小自己已经很小的身躯,生怕碰坏了什么,可是他们飞到那片旷野时,璎珞还是少了一半。陶陶感到很抱歉。云并不抱怨,悄然飞走了。陶陶很顺利地进入了森林。来到树下,大树没让他多等,很快给了两片叶子。陶陶两手举着叶子,像举着两面旗帜。他在森林外寻找那片云,又是晴空万里。陶陶焦急地向天空乞求,诉说他必须争取时间。一阵强劲的风吹来,把他卷到半空。"你怕么?"风问,"你随时会掉下去粉身碎骨。"陶陶摇头。他只有一个念头,不要迟到,别的都不在话下。他们很快就到了那座山坡。风把他稳稳地放下,自己向另一个方向吹去。陶陶看见停在天边的云,像许多花朵。一朵云飘过来了,越近越大,有几层花瓣,真像一朵硕大的花。陶陶爬进去,坐在中间。云一面飞,花瓣一面转动,转动的方向不同,有的向前转,有的向后转。陶陶和云商量,说花瓣要是都向一个方向转动,会飞得更快一些。云不理他。云飞得并不慢,又飞了一会儿,就把他放在那座山的一块岩石上。陶陶鞠躬致谢,跑下山去。

这时已是秋天,树叶有红有黄,颜色绚丽。有的树叶子已经落尽,光秃秃的树枝,显出好看的线条。陶陶拼命地跑,他到了河的这一边,已经看到了那粉红色的小屋。人们出出进进,有人在说:"没想到这次发作这么快。"陶陶不假思索地跳进水里，他没有时间走那座桥。在汹涌的河水中，他不久便失去了双腿。他努力用一只手把两片叶子举得高高的，露在水面上。手臂也被起伏的水花打湿了，一点点消瘦。他拼命游向岸边，终于靠近了岸。河水不断地流过他的身躯，陶陶没有了，只剩下那只手臂碎作几块泥土，簇拥着那两片鲜亮的绿叶。

房间里，妹妹低声呻吟，她的生命在一点点消逝。她用力低声问妈妈："陶陶在哪里？"妈妈茫然地出门来，一眼就看见了河边的那两片叶子。"秋天的绿叶！"妈妈心里一惊，弯腰拾起它们，放在妹妹的眼睛上，每只眼睛放一片。

妹妹没有死。她又看见了这光明灿烂的世界，但她再也看不见小沙弥陶陶。

2006 年 3 月 22 日初稿
2006 年 4 月 5 日定稿

小说卷

其实鲁鲁并不总是好听故事。他常跳到溪水里游泳。他是天生的游泳家,尖尖的嘴总是露在绿波面上。妈妈可不赞成他们到水边去,每次鲁鲁毛湿了,便责备他:"你又带他们到那儿去了!他们掉到水里怎么办!"她说着,鲁鲁抿着耳朵听着,好像他是那最大的孩子。

琥珀手串

祝小凤当护工已经六七年了，照顾的大多是女老人。照顾一段时间便送她们离开，有的从前门出，有的从后门出，家属们便有的欢喜，有的悲伤，祝小凤也看惯了。他们付给报酬时，有的慷慨，有的吝啬。最初她很在乎，常要争执几句。后来有了些积蓄，大方起来，多几个少几个，不以为意。护士们说她是个明白人。她又做事细心，手脚麻利，是上等的护工。

这一次，祝小凤照顾的是一位老太太，姓林，病似乎并不很重，不需很多服侍，对祝小凤倒很关心，叫她小祝，常把人家送的东西分给她。来看林老太的人很多。不久小祝知道，其实老太太只有一个女儿，在一家大公司做事，是个金领，人称林总。母女相依为命，女儿差不多天天派人送东西来，送各种花、各种吃食。有一天送来两双棉鞋，一双黑的上面有红花，一双紫红的上面有黑花。祝小凤不知道这鞋在医院里有什么用处，却真心地说："奶奶福气真好。"林老太微笑着叹气，摇了摇头。

林老太这种表情，很平淡，又很深沉。祝小凤总觉得她和别人有些不同，不大像个老人，倒有几分淘气，会有些别人想不到的主意。其实人在病床上，那已经是大打折扣了。有人送来一只玩具青蛙，会从房间这一头跳到那一头，林老太看得很开心。祝小凤觉得，老了老了的，还需要玩具，这又是一种福分。

祝小凤嘴上说老太太有福气，心里最羡慕的是那女儿。女儿的年纪和小祝差不多。她除了派司机、秘书和手下人给母亲送东西，自己也常来，但是从不和林老太讨论病情和医生的治疗方案——也许在医生办公室谈过了。所以小祝只知林老太心脏不好，始终不知得的是什么病。她也不需要研究，病人得什么病，跟她的关系并不大，她只需要做好照看病人的工作。她更关心的是林总的衣着，那是千变万化的。有时毛衣上开几个洞，像是怕风钻不进去；有时靴子上挂两个球，走起来滴里嗒啦乱甩。跟着她的人（那是少不了的）对老太太说："林总在各种场合出现，报道中总少不了介绍她的服装。"老太太又是叹口气，摇摇头。

这一天，林总捧着一束花来了，花很鲜艳，说是刚从云南运来的。她穿了一件黑毛衣，完整的，没有窟窿，下面是红皮裙。胸前一件蜜色挂坠，非常光润。手上戴了同样颜色的手串，随意套在毛衣袖子外面，发着一圈幽幽的光。小祝只觉得好看，不知道是什么材料。

林老太看着女儿说："今天穿得还算正规，这两件首饰也配得很典雅。"

女儿便把手串褪下来，放在母亲手里，让她摸一摸,说:"这是最好的琥珀,做工也好。"

林老太随手摸了摸,仍给女儿戴上,说:"戴首饰越简单越好。好在你倒不喜欢这些东西。"

林总说了几句话,大都是怎么忙怎么忙,随即一阵风似的走了。

祝小凤照顾林老太吃晚饭,餐桌上有鱼,那是营养师提醒病人食用的。

祝小凤仔细挑去鱼刺,问了一句:"琥珀很贵吗?"

老太说:"要看质地……"说着便呛咳起来。祝小凤忙倒水、捶背,不敢再多话。

过了几天,祝小凤的丈夫来看她。他在家里守着穷山沟,全靠妻子挣钱送儿子上了高中。每到冬天,如果小凤不回家,他总是进城来看望,给她带点家乡的土产吃食。这回是几包酸枣干和苎麻籽,小镇上加工制作的,前几年还没有这种技术呢。因为要给儿子买一件棉外衣,他们去了一处批发市场。外面北风呼啸,紧压着屋顶和墙壁,冷风直透进来。两人在市场里转了几圈,买好了东西,还在一家小铺吃了面。要离开时,忽然看到一个小摊,卖那种五颜六色、七零八碎的小玩意儿。

祝小凤站住了,她的目光落在一件饰物上,那俨然是一个琥珀手串。她拿起手串,摸了又摸,看了又看,看不出和林总的有什么不一样。几次放下,又拿起来。

"想买吗?"丈夫问。

"谁花这闲钱!"祝小凤说,手里仍拿着那手串。

丈夫很解人意,和摊主讨价还价,花了五块钱,把手串买下了。小凤明知这钱是自己挣的，心里还是漾过一阵暖意。她收好手串，跟丈夫随意说着闲话。她说："隔壁病房的病人出了院要到海南去疗养。"丈夫说："那么远，我们这辈子别想去。"祝小凤说："那也难说。"她一路摸着那手串，觉得很满足。

祝小凤把家乡的酸枣干和苎麻籽送给林老太分享。老太特别戴上假牙品尝，说："原来苎麻籽也可以吃，还这样香脆。"

小凤又指着手腕上的手串，请林老太猜值多少钱。

老太说："做得真像。十块？二十块？"

小凤道："您出这个价，我卖给您。"两人都笑了。

晚饭后，护工们在一起，自然而然就议论小凤新戴的手串。一个说，一看就是假的，玻璃珠子罢了。另一个说，别看是假的，做得真像呢。又一个说，管他真的假的，好看就行。

晚上，林总来了，祝小凤又把自己的手串请她过目。

林老太忽然说："小凤这么喜欢这样的手串，你们俩换着戴几天。"

女儿笑着说："妈妈总有些奇怪的主意。"说着便把手串褪下来。

小凤不敢接，林总说："换着戴吧，怕什么，只要妈妈高兴。"

小凤接了手串，把自己那串放在桌上，说："听老太太的。"退出去了。

林老太拿起小凤的手串，端详着说："真像，只是光泽不一样。在行的人还是一眼就会看出来的。"说着递给女儿,"收好了,别弄丢了,要还给人家的。"

她见女儿戴上了手串,心里很宽慰,暗想:女儿一点儿不矫情,也随和,不会说自己戴过的东西,不准别人戴。林总两部手机,正接着一个,另一个在响。她看看来电号码,简单明快地吩咐几句,结束了这个通话。拿起响着的手机,便完全是另一种口气,很委婉地安排了什么事情。

林老太看着女儿,不由得说:"东西戴在你手上,假的也是真的。"

林总回到办公室,随手把手串扔在桌旁几上。正好一个半熟不熟求林总办事的人来,见了说:"这么贵重的东西,就丢在这里。"回去特别做了一个精致的盒子送过来,说,"好东西要有好穿戴,原来一定有的,添一个是我尽心。"秘书收了盒子。林总瞥了一眼,心想:可以给妈妈看,证明她的话。

祝小凤戴上真的琥珀手串,有些飘飘然,在护工中炫耀。大家又发议论,这回意见很一致,总结出来是:戴在你身上,真的也是假的,没人相信它是真的。祝小凤有些沮丧。

正好护士长来了,看着祝小凤戴的手串说:"呀,这么好看的东西!"

祝小凤觉得遇到了知音,抬起手让护士长看。不料她说:"做得真像,多贵重似的。这种有机玻璃最唬人了,你倒好眼光,会挑。"

祝小凤说:"你仔细看看,这是真的!"

护士长笑说:"不用看我也知道。"

林总去美国出差,三天没有来医院,病房里很平静。祝小凤把众人对手串的反应说给林老太。老太神情漠然,似乎不大记得这事了。

这天下午,林老太靠在床上,忽然问祝小凤都会唱什么歌。祝小凤说:"原来在家里也喜欢唱的,现在都忘了。"其实,林老太最想听的是一首英文歌,这里的人是无法帮助的。她也不再问,一直到入睡,都没有说话。

凌晨时分,祝小凤听到林老太哼了几声,没有在意。等她起来梳洗后,见老太太没有动静,过去看时,她似乎已经停止了呼吸。

祝小凤惊得魂飞魄散。她急忙打铃,又跑出病房去叫人。医生和护士都来了。医生做了检查,在床前站了片刻,轻轻拉上了白被单。很快,林总来了,她俯身抱住母亲,许久不起来。跟来的人以为她昏倒了,大声叫着林总,将她扶起,只见被单湿了一大片。祝小凤觉得林总很委屈,为什么不大声哭?也许,她们这样的人是不会大声哭的。接着又来了许多人。没有人责备祝小凤,生死大限谁也拗不过的。

祝小凤很难过。她做护工这些年,照顾过许多病人,还没有见过这样的死法,这样安静,一点也不麻烦人。没有上呼吸机,没有切开气管,没有在身上插满管子,没人打扰,干净利落,静悄悄地离开了这个世界。

其实这也是一种福分。她想着，叹了一口气。

过了几天，祝小凤想起她拿着林总的真琥珀手串，应该去把自己的那个换回来。她不愿意用自己不值钱的东西去占有别人值钱的东西，而且她的手串是丈夫给她买的。

她向护士台打听了林总的公司，请了假。找一张干净纸，包了那手串，出了医院，上车下车，到了林总的公司。等着见林总的人在她的办公室外排成队，和医院候诊室差不多。

秘书通报后，祝小凤很快进去了。听她说明了来意，林总从一个抽屉里拿出那精致的盒子，打开，递给她。祝小凤将纸包递过去，一面去取盒子里的手串。林总按住盒子，向前推了推，示意祝小凤连盒子收下。

林总戴上自己的真琥珀手串，喃喃道："妈妈说这样很好看。"她明亮的眼睛里装满了泪，一大滴落在衣服上。那天她穿了一身黑衣服。

祝小凤装好盒子，要走。林总说等一等，从皮包里拿出一沓钱，递给祝小凤，轻声说："最后是你在妈妈身边。打车回去吧。"

祝小凤踌躇了一下，接过钱，心想：这足够到海南几个来回了。

祝小凤走在街上，抬头想寻找属于林总的那一扇窗户。但窗户们都一样地漂亮，一样地气派，她分不清楚，她甚至不记得刚才上的是第几层楼。风很大很冷，树枝都弯着，显得很瑟缩。一辆出租车驶过，她摸了摸背包,还是没有打车的决心,顶着风一直走到地铁站口。

时间流逝,医院一切如常。许多人来住过,有人从前门出,有人从后门出。祝小凤的生活也如常,送走旧病人,迎接新病人。

她把手串连同盒子放在箱子里,再想到它,取出来戴上,已是次年暮春了。这时,她的病人仍是一位女老人,见了说好看。

祝小凤故意说:"这是琥珀手串。"

女老人上下打量着她,慢慢地说:"假的吧?"

鲁　鲁

鲁鲁坐在地上,悲凉地叫着。树丛中透出一弯新月,院子的砖地上洒着斑驳的树影和淡淡的月光。那悲凉的嗥叫声一直穿过院墙,在这山谷的小村中引起一阵阵狗吠。狗吠声在深夜本来就显得凄惨,而鲁鲁的声音更带着十分的痛苦、绝望,像一把锐利的刀,把这温暖、平滑的春夜剪碎了。

他大声叫着,声音拖得很长,好像一阵阵哀哭,令人不忍卒听。他那离去了的主人能听见么?他在哪里呢?鲁鲁觉得自己又处在荒野中了,荒野中什么也没有,他不得不用嗥叫来证实自己的存在。

院子北端有三间旧房,东头一间还亮着灯,西头一间已经黑了。一会儿,西头这间响起窸窣的声音,紧接着房门开了,两个孩子穿着本色土布睡衣,蹑手蹑脚走了出来。十岁左右的姐姐捧着一钵饭,六岁左右的弟弟走近鲁鲁时,便躲在姐姐身后,用力揪住姐姐的衣服。

"鲁鲁,你吃饭吧,这饭肉多。"姐姐把手里的饭放在鲁鲁身旁。地上原来已摆着饭盆,一点儿不曾动过。

鲁鲁用悲哀的眼光看着姐姐和弟弟,渐渐安静下来了。他四腿很短，嘴很尖，像只狐狸；浑身雪白，没有一根杂毛。颈上套着皮项圈，项圈上拴着一根粗绳，系在大树上。

鲁鲁原是一个孤身犹太老人的狗。老人住在村上不远，前天死去了。他的死和他的生一样，对人对世没有任何影响。后事很快办理完毕。只是这矮脚的白狗守住了房子悲哭，不肯离去。人们打他，他只是围着房子转。房东灵机一动说："送给范先生养吧。这洋狗只合下江人养。"这小村中习惯地把外省人一律称作下江人。于是他给硬拉到范家，拴在这棵树上，已经三天了。

姐姐弟弟和鲁鲁原来就是朋友。他们有时到犹太老人那里去玩。他们大概是老人唯一的客人了。老人能用纸叠出整栋的房屋，各房间里还有各种摆设。姐姐弟弟带来的花玻璃球便是小囡囡，在纸做的房间里滚来滚去。老人还让鲁鲁和他们握手，鲁鲁便伸出一只前脚，和他们轮流握上好几次。他常跳上老人座椅的宽大扶手，把他那雪白的头靠在老人雪白的头旁边，瞅着姐姐和弟弟。他那时的眼光是驯良、温和的，几乎带着笑意。

现在老人不见了，只剩下了鲁鲁，悲凉地嗥叫着的鲁鲁。

"鲁鲁，你就住在我们家。你懂中国话吗？"姐姐温柔地说。"拉拉手吧？"三天来，这话姐姐已经说了好几遍。鲁鲁总是突然又发出一阵悲号，并不伸出脚来。

但是鲁鲁这次没有哭，只是咻咻地喘着，好像跑了很久。姐姐伸手去摸他的头，弟弟忙拉住姐姐。鲁鲁咬人是出名的，一点不出声音，专门咬人的脚后跟。"他不会咬我。"姐姐说，"你咬吗？鲁鲁？"随即把手放在他头上。鲁鲁一阵战栗，连毛都微耸起来。老人总是抚摸他，从头摸到脊背。那只大手很有力，这只小手很轻，但是这样温柔，使鲁鲁安心。他仍咻咻地喘着，向姐姐伸出了前脚。

"好鲁鲁！"姐姐高兴地和他握手，"妈妈！鲁鲁愿意住在我们家了！"

妈妈走出房来，在姐姐介绍下和鲁鲁握手，当然还有弟弟。妈妈轻声责备姐姐说："你怎么把肉都给了鲁鲁？我们明天吃什么？"

姐姐垂了头，不说话。弟弟忙说："明天我们什么也不吃。"

妈妈叹息道："还有爸爸呢，他太累了。你们早该睡了。鲁鲁今晚不要叫了，好么？"

范家人都睡了。只有爸爸仍在煤油灯下著书。鲁鲁几次又想哭一哭，但是望见窗上几乎是趴在桌上的黑影，便把悲声吞了回去，在喉咙里咕噜着，变成低低的轻吼。

鲁鲁吃饭了。虽然有时还免不了嗥叫，情绪显然已有好转。妈妈和姐姐解掉拴他的粗绳，但还不时叮嘱弟弟，不要敞开院门。这小院是在一座大庙里，庙里复房别院，房屋很多，许多城里人迁乡躲空袭，原来空荡荡的古庙，充满了人间烟火。

姐姐还引鲁鲁去见爸爸。她要鲁鲁坐起来，把两只前脚伸在空中拜一拜。"作揖，作揖！"弟弟叫。鲁鲁的情绪尚未恢复到可以玩耍，但他照做了。"他懂中国话！"姐弟两人都很高兴。鲁鲁放下前脚，又主动和爸爸握手。平常好像什么都视而不见的爸爸，把鲁鲁前后打量一番，说："鲁鲁是什么意思？是意绪文吧？他像只狐狸，应该叫银狐。"爸爸的话在学校很受重视，在家却说了也等于没说，所以鲁鲁还是叫鲁鲁。

鲁鲁很快也和猫儿菲菲做了朋友。菲菲先很害怕，警惕地弓着身子向后退，一面发出"呲——"的声音，表示自己也不是好惹的。鲁鲁却无一点敌意。他知道主人家的一切都应该保护。他伸出前脚给猫，惹得孩子们笑个不停。终于菲菲明白了鲁鲁是朋友，他们互相嗅鼻子，宣布和平共处。

过了十多天，大家认为鲁鲁可以出门了。他总是出去一会儿就回来，大家都很放心。有一天，鲁鲁出了门，踌躇了一下，忽然往犹太老人原来的住处走去了。那里锁着门，他便坐在门口嗥叫起来。还是那样悲凉，那样哀痛。他想起自己的不幸，他的心曾遗失过了。他努力思索老人的去向。这时几个人围过来。"嗥什么！畜生！"人们向他扔石头。他站起身跑了，却没有回家，一直下山，向着城里跑去了。

鲁鲁跑着，伸出了舌头。他的腿很短，跑不快。他尽力快跑，因为他有一个谜，他要去解开这个谜。

乡间路上没有车，也少行人。路两边是各种野生的灌木，自然形成两道绿篱。白狗像一片飘荡的羽毛，在绿篱间移动。间或有别的狗跑来，那大都是笨狗，两眼上各有一小块白毛，乡人称为四眼狗。他们想和鲁鲁嗅鼻子，或打一架，鲁鲁都躲开了。他只是拼命地跑，跑着去解开一个谜。

他跑了大半天，黄昏时进了城，在一座旧洋房前停住了。门关着，他就坐在门外等，不时发出长长的哀叫。这里是犹太老人和鲁鲁的旧住处。主人是回到这里来了罢？怎么还听不见鲁鲁的哭声呢？有人推开窗户，有人走出来看，但都没有那苍然的白发。人们说："这是那洋老头的白狗。""怎么跑回来了？"却没有人问一问洋老头的究竟。

鲁鲁在门口蹲了两天两夜。人们气愤起来，下决心处理他了。第三天早上，几个拿着绳索棍棒的人朝他走来。一个人叫他："鲁鲁！"一面丢来一根骨头。他不动。他很饿，又渴，又想睡。他想起那淡黄的土布衣裳，那温柔的小手拿着的饭盆。他最后看着屋门，希望在这一瞬间老人会走出来。但是没有。他跳起身，向人们腿间冲过去，向城外跑去了。

他得到的谜底是再也见不到老人了。他不知道那老人的去处，是每个人，连他鲁鲁，终究都要去的。

妈妈和姐姐都抱怨弟弟，说是弟弟把鲁鲁放了出去。弟弟表现出男子汉的风度，只管在大树下玩。他不说话，可心里很难过。傻鲁鲁！怎么能离开爱自己的人呢！妈妈走过来，把鲁鲁的饭盆、水盆摞在一起，预备扔掉。已经第三天黄昏了，不会回来了。可是姐姐又把盆子摆开。刚刚才三天呢，鲁鲁会回来的。

这时有什么东西在院门上抓挠。妈妈小心地走到门前听。姐姐忽然叫起来，冲过去开了门。"鲁鲁!"果然是鲁鲁，正坐在门口咻咻地望着他们。姐姐弯身抱着他的头，他舔姐姐的手。"鲁鲁!"弟弟也跑过去欢迎。他也舔弟弟的手，小心地绕着弟弟跑了两圈，留神不把他撞倒。他蹭蹭妈妈，给她作揖，但是不舔她，因为知道她不喜欢。鲁鲁还懂得进屋去找爸爸，钻在书桌下蹭爸爸的腿。那晚全家都高兴极了。连菲菲都对鲁鲁表示欢迎，怯怯地走上来和鲁鲁嗅鼻子。

从此鲁鲁正式成为这个家的一员了。他忠实地看家，严格地听从命令，除了常在夜晚出门，简直无懈可击。他会超出狗的业务范围，帮菲菲捉老鼠。老鼠钻在阴沟里，菲菲着急地跑来跑去，怕它逃了，鲁鲁便去守住一头，菲菲守住另一头。鲁鲁把尖嘴伸进盖着石板的阴沟，低声吼着。老鼠果然从另一头溜出来，落在菲菲的爪下。由此爸爸考证说，鲁鲁本是一条猎狗，至少是猎狗的后裔。

姐姐和弟弟到山下去买豆腐，鲁鲁总是跟着。他很愿意咬住篮子，但是他太矮了，只好空身跑。他常常跑在前面，不见了，然后忽然从草丛中冲出来。他总是及时收住脚步，从未撞倒过孩子。卖豆腐的老人有时扔给鲁鲁一块肉骨头，鲁鲁便给他作揖，引得老人哈哈大笑。姐姐弟弟有时和村里的孩子们一起玩，鲁鲁便耐心地等在一边。似乎他对那游戏也感兴趣。

村边有一条晶莹的小溪，岸上有些闲花野草，浓密的柳荫沿着河堤铺开去。他们三个常到这里，在柳荫下跑来跑去，或坐着讲故事。住在邻省T市的唐伯伯，是爸爸的好友，一次到范家来，看见这幅画面，曾慨叹道他若是画家，一定画出这绿柳下、小河旁的两个穿土布衣裳的孩子和一条白狗，好抚一抚战争的创伤。唐伯伯还说鲁鲁出自狗中名门世族。但范家人并不关心这个。鲁鲁自己也毫无兴趣。

其实鲁鲁并不总是好听故事。他常跳到溪水里游泳。他是天生的游泳家，尖尖的嘴总是露在绿波面上。

妈妈可不赞成他们到水边去，每次鲁鲁毛湿了，便责备他："你又带他们到那儿去了！他们掉到水里怎么办！"她说着，鲁鲁抿着耳朵听着，好像他是那最大的孩子。

虽然妈妈责备，因姐姐弟弟保证决不下水，他们还是可以常到溪边去玩，不算是错误。一次鲁鲁真犯了错误。爸爸进城上课去了，他一周照例有三天在城里。妈妈到邻家守护一个病孩。妈妈上过两年护士学校，在这山村里义不容辞地成为医生。她临出门前一再对鲁鲁说："要是家里没有你，我不能把孩子扔在家。有你我就放心了。我把他们两个交给你，行吗？"鲁鲁懂事地听着，摇着尾巴。"你夜里可不能出去，就在房里睡，行吗？"鲁鲁感觉到妈妈的手抚在背上的力量，他对于信任是从不辜负的。

鲁鲁常在夜里到附近山中去打活食。这里山林茂密，野兔、松鼠很多。他跑了一夜回来，总是精神抖擞，毛皮发出润泽的光。那是野性的、生命的光辉。活食辅助了范家的霉红米饭，那米是当作工资发下来的，霉味胜过粮食的香味。鲁鲁对米中一把把抓得起来的肉虫和米饭都不感兴趣。但这几天，他寸步不离地跟着姐姐弟弟，晚上也不出去。如果第四天不是赶集，他们三个到集上去了的话，鲁鲁禀赋的狗的弱点也还不会暴露。

这山村下面的大路是附近几个村赶集的地方，七天两头赶，每次都十分热闹。鸡鱼肉蛋，盆盆罐罐，还有鸟儿猫儿，都有卖的。姐姐来买松毛，那是引火用的，一辫辫编起来的松针，买完了便拉着弟弟的手快走。对那些明知没有钱买的好东西，根本不看。弟弟也支持她，加劲地迈着小腿。走着走着，发现鲁鲁不见了。"鲁鲁。"姐姐小声叫。这时听见卖肉的一带许多人又笑又嚷："白狗耍把戏！来！翻个筋斗！会吗?"他们连忙挤过去，见鲁鲁正坐着作揖，要肉吃。

"鲁鲁！"姐姐厉声叫道。鲁鲁忙站起来跑到姐姐身边，仍回头看挂着的牛肉。那里还挂着猪肉、羊肉、驴肉、马肉。最吸引鲁鲁的是牛肉。他多想吃！那鲜嫩的、带血的牛肉，他以前天天吃的。尤其是那生肉的气味，使他想起追捕、厮杀、自由、胜利，想起没有尽头的林莽和山野，使他晕头转向。

卖肉人认得姐姐弟弟，笑着说："这洋狗到范先生家了。"说着顺手割下一块，往姐姐篮里塞。村民都很同情这些穷酸教书先生，听说一个个学问不小，可养条狗都没本事。

姐姐怎么也不肯要，拉着弟弟就走。这时鲁鲁从旁猛地一蹿，叼了那块肉，撒开四条短腿，跑了。

"鲁鲁！"姐姐提着装满松毛的大篮子，上气不接下气地追，弟弟也跟着跑。人们一阵哄笑，那是善意的、好玩的哄笑，但听起来并不舒服。

等他们跑到家，鲁鲁正把肉摆在面前，坐定了看着。他讨好地迎着姐姐，一脸奉承，分明是要姐姐批准他吃那块肉。姐姐扔了篮子，双手捂着脸，哭了。

弟弟着急地给她递手绢，又跺脚训斥鲁鲁："你要吃肉，你走吧！上山里去，上别人家去！"鲁鲁也着急地绕着姐姐转，伸出前脚轻轻抓她，用头蹭她，对那块肉没有再看一眼。

姐姐把肉埋在院中树下。后来妈妈还了肉钱，也没有责备鲁鲁。因为事情过了，责备他是没有用的。鲁鲁竟渐渐习惯少肉的生活，隔几天才夜猎一次。和荒野的搏斗比起来，他似乎更依恋人所给予的温暖。爸爸说，原来箪食瓢饮，狗也能做到的。

鲁鲁还犯过一回严重错误，那是无可挽回的。他和菲菲是好朋友，常闹着玩。他常把菲菲一拱，让她连翻几个身。菲菲会立刻又扑上来，和他打闹。冷天时菲菲会离开自己的窝，挨着鲁鲁睡。这一年菲菲生了一窝小猫，对鲁鲁凶起来。鲁鲁不识趣，还伸嘴到她窝里，嗅嗅她的小猫。菲菲一掌打在鲁鲁鼻子上，把他鼻子抓破了。鲁鲁有些生气，一半也是闹着玩，把菲菲轻轻咬住，往门外一扔。不料菲菲惨叫一声，在地上扑腾几下，就断了气。鲁鲁慌了，过去用鼻子拱她，把她连翻几个身。但她不像往日一样再扑上来，她再也不能动了。

妈妈走出房间看时，见鲁鲁坐在菲菲旁边，唧唧咛咛地叫。他见了妈妈，先是愣了一下，随即趴在地下，腹部着地，一点一点往妈妈脚边蹭，一面偷着翻眼看妈妈脸色。妈妈好不生气："你这只狗！不知轻重！一窝小猫怎么办！你给养着！"妈妈把猫窝杵在鲁鲁面前。鲁鲁吓得又往后蹭，还是不敢站起来。姐姐弟弟都为鲁鲁说情，妈妈执意要打。鲁鲁慢慢退进了里屋。大家都以为他躲打，跟进去看，见他蹭到爸爸脚边，用后腿站起来向爸爸作揖，一脸可怜相，原来是求爸爸说情。爸爸摸摸他的头，看看妈妈的脸色，乖觉地说："少打几下，行么？"妈妈倒是破天荒准了情，说绝不多打，不过鲁鲁是狗，不打几下，不会记住教训。她只打了鲁鲁三下，每下都很重，鲁鲁哼哼唧唧地小哭，可是服帖地趴着受打。房门、院门都开着，他没有一点逃走的意思，连爸爸也离开书桌看着鲁鲁说："小杖则受，大杖则走。看来你大杖也不会走的。"

鲁鲁受过杖，便趴在自己窝里。妈妈说他要忏悔，不准姐姐弟弟理他。姐姐很为菲菲和小猫难受，也为鲁鲁难受。她知道鲁鲁不是故意的。晚饭没有鲁鲁的份，姐姐悄悄拿了水和剩饭给他。鲁鲁呜咽着舐她的手。

和鲁鲁的错误比起来，他的功绩要大得多了。一天下午，有一家请妈妈去看一位孕妇。她本来约好往一个较远的村庄去给一个病人送药，这任务便落在姐姐身上。姐姐高兴地把药装好。弟弟和鲁鲁都要跟去，因为那段路远，弟弟又不大舒服，遂决定鲁鲁陪弟弟在家。妈妈和姐姐一起出门，分道走了。鲁鲁和弟弟送到庙门口，看着姐姐的土布衣裳的淡黄色消失在绿丛中。

妈妈到那孕妇家，才知她就要临盆。便等着料理，直到婴儿呱呱坠地，一切停妥才走。到家已是夜里十点多了，只见家中冷清清点着一盏煤油灯。鲁鲁哼唧着在屋里转来转去。弟弟一见妈妈便扑上来哭了。"姐姐，"他说，"姐姐还没回家——"

爸爸不在家。妈妈定了定神，转身到最近的同事家,叫起那家的教书先生,又叫起房东,又叫起他们认为该叫的人。人们焦急地准备着灯笼火把。这时鲁鲁仍在妈妈身边哼着,还踩在妈妈脚上,引她注意。弟弟忽然说:"鲁鲁要去找姐姐。"妈妈一愣,说:"快去!鲁鲁,快去!"鲁鲁像离弦的箭一样,一下蹿出好远,很快就被黑暗吞没了。

鲁鲁用力跑着。姐姐带着的草药味,和着姐姐本身的气味,形成淡淡的芳香,指引他向前跑。一切对他都不存在。黑夜、树木、路旁汩汩的流水,都是那样虚幻,只有姐姐的缥缈的气味,是最实在的。可他居然一度离开那气味,不向前过桥,却抄近下河,游过溪水,又岔上小路。那气味又有了,鲁鲁一点没有为自己的聪明得意,只是认真地跑着,一直跑进了坐落在另一个山谷的村庄。

村里一片漆黑,人们都睡了。他跑到一家门前,着急地挠门。气味断了,姐姐分明走进门去了。他挠了几下,绕着院墙跑到后门,忽然又闻见那气味,只没有了草药。姐姐是从后门出来,走过村子,上了通向山里的蜿蜒小路。鲁鲁一刻也不敢停,伸长舌头,努力地跑。树更多了,草更深了。植物在夜间的浓烈气息使得鲁鲁迷惑,他仔细辨认那熟悉的气味,在草丛中追寻。草莽中的小生物吓得四面奔逃。鲁鲁无暇注意那是什么。那时便有最鲜美的活食在他嘴下,他也不会碰一碰的。

终于在一棵树下,一块大石旁,鲁鲁看见了那土布衣裳的淡黄色。姐姐靠在大石上睡着了。鲁鲁喜欢得横蹦竖跳，自己乐了一阵，然后坐在地上，仔细看着姐姐，然后又绕她走了两圈，才伸前爪轻轻推她。

姐姐醒了。她惊讶地四处看着，又见一弯新月，照着黑黝黝的树木、草莽、山和石。她恍然地说："鲁鲁，该回家了。妈妈急坏了。"她想抓住鲁鲁的项圈，但她已经太高了，遂脱下外衣，拴在项圈上。鲁鲁乖乖地引路，一路不时回头看姐姐，发出呜呜的高兴的声音。

"你知道么？鲁鲁，我只想试试，能不能也做一个吕克大梦①。"姐姐和他推心置腹地说，"没想到这么晚了。不过离二十年还差得远。"

他们走到堤上时，看见远处树丛间一闪一闪的亮光。不一会儿人声沸腾，是找姐姐的队伍来了。他们先看见雪白的鲁鲁，好几个声音叫他，问他，就像他会回答似的。他的回答是把姐姐越引越近。姐姐投在妈妈怀里时，他担心地坐在地上看。他怕姐姐要受罚，因为谁让妈妈着急生气，都要受罚的，可是妈妈只拥着她，温和地说："你不怕醒来就见不着妈妈了么？""我快睡着时，忽然害怕了，怕一睡二十年。可是已经止不住，糊里糊涂睡着了。"人们一阵大笑，忙着议论，那山上有狼，多危险！谁也不再理鲁鲁了。

爸爸从城里回来后，特地找鲁鲁握手，谢谢他。鲁鲁却已经不大记得自己的功绩，只是这几天饭里居然放

---

① 吕克大梦：指美国前期浪漫主义作家华盛顿·欧文（1783—1859）的著名作品。小说中写农民瑞·普凡·温克尔上山打猎，遇见一群玩九柱戏的人，温克尔喝了他们的酒，沉睡了二十年，醒来见城郭全非。

了牛肉，他很高兴。

又过些时，姐姐弟弟都在附近学校上学了。那也是城里迁来的。姐姐上中学，弟弟上小学。鲁鲁每天在庙门口看着他们走远，又在山坡下等他们回来。他还是在草丛里跑，跟着去买豆腐。又有一阵姐姐经常生病，每次她躺在床上，鲁鲁都很不安，好像要遇到什么危险似的。卖豆腐老人特地来说，姐姐多半得罪了山灵，应该到鲁鲁找到姐姐的地方去上供。爸爸妈妈向他道谢，却说什么营养不良、肺结核。鲁鲁不懂他们的话，如果懂得，他一定会代姐姐去拜访山灵的。

好在姐姐多半还是像常人一样活动，鲁鲁的不安总是短暂的。日子如同村边小溪潺潺的清流，不慌不忙，自得其乐。若是鲁鲁这时病逝，他就是世界上最幸福的狗了。但是他很健康，雪白的长毛亮闪闪的，身体的线条十分挺秀。没人知道鲁鲁的年纪，却可以看出，他离衰老还远。

村边小溪静静地流，不知大江大河里怎样掀着巨浪。终于有一天，日本投降的消息传到这小村，整个小村沸腾了，赛过任何一次赶集。人们以为熬出头了。爸爸把妈妈一下子紧紧抱住，使得另外三个成员都很惊讶。爸爸流着眼泪说："你辛苦了，你太辛苦了。"妈妈呜呜地哭起来。爸爸又把姐姐弟弟也揽了过来，四人抱在一起。鲁鲁连忙也把头往缝隙里贴。这个经历了无数风雨艰辛的亲爱的小家庭，怎么能少得了鲁鲁呢。

"回北平去！"弟弟得意地说。姐姐蹲下去抱住鲁鲁的头。她已经是一个窈窕的少女了。他们决没有想到鲁鲁是不能去的。

范家已经家徒四壁，只有一双宝贝儿女和爸爸几年来在煤油灯下写的手稿。他们要走很方便。可是还有鲁鲁呢。鲁鲁留在这里，会发疯的。最后决定带他到 T 市，送给爱狗的唐伯伯。

经过一阵忙乱，一家人上了汽车。在那一阵忙乱中，鲁鲁总是很不安，夜里无休止地做梦。他梦见爸爸、妈妈、姐姐和弟弟都走了，只剩下他，孤零零在荒野中奔跑。而且什么气味也闻不见，这使他又害怕又伤心。他在梦里大声哭，妈妈就过来推醒他，然后和爸爸讨论："狗也会做梦么？""我想——至少鲁鲁会的。"

鲁鲁居然也上了车。他高兴极了，安心极了。他特别讨好地在妈妈身上蹭。妈妈叫起来："去！去！车本来就够颠的了。"鲁鲁连忙钻在姐姐弟弟中间，三个伙伴一起随着车的颠簸摇动，看着青山慢慢往后移；路在前面忽然断了，转过山腰，又显现出来，总是无限地伸展着……

上路第二天，姐姐就病了。爸爸说她无福消受这一段风景。她在车上躺着，到旅店也躺着。鲁鲁的不安超过了她任何一次病时。他一刻不离地挤在她脚前，眼光惊恐而凄凉。这使妈妈觉得不吉利，很不高兴。"我们的孩子不至于怎样。你不用担心，鲁鲁。"她把他赶出房门，他就守在门口。弟弟很同情他，向他详细说明情况，说回到北平可以治好姐姐的病，说交通不便，不能带鲁鲁去，自己和姐姐都很伤心；还说唐伯伯是最好的人，一定会和鲁鲁要好。鲁鲁不懂这么多话，但是安静地听着，不时舐舐弟弟的手。

T市附近，有一个著名的大瀑布。十里外便听得水声隆隆。车经这里，人们都下车到观瀑亭上去看。姐姐发着烧，还执意要下车。于是爸爸在左，妈妈在右，鲁鲁在前，弟弟在后，向亭上走去。急遽的水流从几十丈的绝壁跌落下来，在青山翠峦中形成一个小湖，水汽迷蒙，一直飘到观瀑亭上。姐姐觉得那白花花的厚重的半透明的水幔和雷鸣般的轰响仿佛离她很远。她努力想走近些看，但它们越来越远，她什么也看不见了，倚在爸爸肩上晕了过去。

从此鲁鲁再也没有看见姐姐。没有几天，他就显得憔悴，白毛失去了光泽。唐家的狗饭一律有牛肉，他却嗅嗅便走开，不管弟弟怎样哄劝。这时的弟弟已经比姐姐高，是撞不倒的了。一天，爸爸和弟弟带他上街，在一座大房子前站了半天。鲁鲁很讨厌那房子的气味，哼哼唧唧要走。他若知道姐姐正在楼上一扇窗里最后一次看他，他会情愿在那里站一辈子，永不离开。

范家人走时，唐伯伯叫人把鲁鲁关在花园里。他们到医院接了姐姐，一直上了飞机。姐姐和弟弟为了不能再见鲁鲁，一起哭了一场。他们听不见鲁鲁在花园里发出的撕裂了的、变了声的嗥叫，他们看不见鲁鲁因为一次又一次想挣脱绳索，磨掉了毛的脖子。他们飞得高高的，遗落了儿时的伙伴。

鲁鲁发疯似的寻找主人，时间持续得这样久，以致唐伯伯以为他真要疯了。唐伯伯总是试着和他握手，同情地、客气地说："请你住在我家，这不是已经说好了么，鲁鲁。"

鲁鲁终于渐渐平静下来。有一天，又不见了。过了半年，大家早以为他已离开这世界，他竟又回到唐家。他瘦多了，完全变成一只灰狗，身上好几处没有了毛，露出粉红的皮肤；颈上的皮项圈不见了，替代物是原来那一省的狗牌。可见他曾回去，又一次去寻找谜底。若是鲁鲁会写字，大概会写出他怎样戴露披霜，登山涉水；怎样被打被拴，而每一次都能逃走，继续他千里迢迢的旅程；怎样重见到小山上的古庙，却寻不到原住在那里的主人。也许他什么也写不出，因为他并不注意外界的凄楚，他只是要去解开内心的一个谜。他去了，又历尽辛苦回来，为了不违反主人的安排。当然，他究竟怎样想的，没有人，也没有狗能够懂得。

唐家人久闻鲁鲁的事迹，却不知他有观赏瀑布的癖好。他常常跑出城去，坐在大瀑布前，久久地望着那跌宕跳荡、白帐幔似的落水，发出悲凉的、撞人心弦的哀号。

1980年6月

董师傅游湖

董师傅在一所大学里做木匠已经二十几年了，做起活来得心应手，若让那些教师们来说，已经超乎技而近乎道了。他在校园里各处修理门窗，无论是教学楼、办公楼、教师住宅或学生宿舍，都有他的业绩。在一座新造的仿古建筑上，还有他做的几扇雕花窗户，雕刻十分精致，那是他的杰作。

董师傅精通木匠活，也对校园里的山水草木很是熟悉。若是有人了解他的知识，可能聘他为业余园林鉴赏家。其实呢，他自己也不了解自己。一年年花开花落，人去人来，教师住宅里老的一个个走了，学生宿舍里小的一拨拨来了。董师傅见得多了，也没有什么特别感慨的。家里妻儿都很平安，挣的钱足够用了，日子过得很平静。

校园里有一个不大的湖，绿柳垂岸，柳丝牵引着湖水，湖水清澈，游鱼可见。董师傅每晚收拾好木工工具，便来湖边大石上闲坐，点上一支烟，心静如水，十分自在。

不知为什么，学校里的人越来越多，校园渐渐向公园靠拢。每逢节日，湖上亭榭挂满彩灯，游人如织。一个"五一"节，董师傅有一天假，傍晚便来到湖边，看远处楼后夕阳西下。天渐渐暗下来，周围建筑物上的彩灯突然一下子都亮了，照得湖水通明。他最喜欢那座塔，一层层灯光勾勒出塔身的线条。他常看月亮从塔边树丛间升起，这时月亮却看不见。也许日子不对，也许灯太亮了。他并不多想，也不期望，他无所谓。

有人轻声叫他，是前日做活那家的女工。她刚来不久，是他的大同乡，名唤小翠。

小翠怯怯地说："奶奶说我可以出来走走，现在我走不回去了。"

董师傅忙灭了烟，站起身说："我送你回去。"想一想，又说，"你看过了吗？"

小翠仍怯怯地说："什么也没看见，只顾看路了。"

董师傅一笑，领着小翠在熙攘的人群中沿着湖边走，走到一座小桥上，指点说："从这里看塔的倒影最好。"

通体发光的塔，在水里也发着光。小翠惊呼道："还有一条大鱼呢！"那是一条石鱼，随着水波荡漾，似乎在光辉中跳动。

又走过一座亭子，那是一座亭桥，从亭中可以环顾四周美景。远岸丁香、连翘在灯光下更加似雪如金，近岸海棠正在盛期，粉嘟嘟的花朵挤满枝头，好不热闹。亭中有几副楹联，他们并不研究。

董师傅又介绍了几个景点，转过山坡，走到那座仿古建筑前,特别介绍了自己的创作——雕花窗户。

小翠一路赞叹不已,对雕花窗户没有评论。董师傅也不在意,只说:"不用多久,你就惯了,就是这地方的熟人了。大家都是这样的。"他顿了一顿,又说,"可惜的是,有些人整天对着这湖、这树,倒不觉得好看了。"

两人走到校门口,董师傅在一个小摊上买了两根冰棍。两人举着冰棍,慢慢走。一个卖花的女孩跑过来,向他们看了看,转身去找别人了。

又走一时,小翠说她认得路了。董师傅叮嘱小翠,冰棍的木棒不要随地扔。自己转身慢慢向住处走去。他很快乐。

图书在版编目（CIP）数据

丁香结·紫藤萝瀑布 / 宗璞著. -- 武汉 ：长江文艺出版社，2024.6(2025.5 重印)
ISBN 978-7-5702-3644-2

Ⅰ. ①丁… Ⅱ. ①宗… Ⅲ. ①中国文学－当代文学－作品综合集 Ⅳ. ①I217.2

中国国家版本馆 CIP 数据核字(2024)第 104527 号

丁香结·紫藤萝瀑布
DINGXIANG JIE ZITENGLUO PUBU

策划编辑：张远林
责任编辑：张　贝　　　　　　　责任校对：程华清
封面设计：陈希璇　　　　　　　责任印制：邱　莉　杨　帆

出版：长江出版传媒　长江文艺出版社
地址：武汉市雄楚大街 268 号　　　邮编：430070
发行：长江文艺出版社
http://www.cjlap.com
印刷：湖北新华印务有限公司

开本：640 毫米×970 毫米　　1/16　　印张：7　　插页：4 页
版次：2024 年 6 月第 1 版　　2025 年 5 月第 2 次印刷
字数：65 千字

定价：24.00 元

版权所有，盗版必究（举报电话：027—87679308　87679310）
（图书出现印装问题，本社负责调换）